# KRIEGS/LÄUFE
## Namen. Schrift.

Über Emmy Ball-Hennings,
Claire Goll, Else Rüthel

女は異邦の人。

*Die Frau ist eine Fremde.*

Anna Rheinsberg

彼女には自分のイメージがなく、
それゆえに顔もない。

*Sie ist ohne Bild von sich,*
*und daher auch ohne Gesicht.*

Tokyo University of Foreign Studies Press

# それぞれの戦い

エミー・バル＝ヘニングス、
クレア・ゴル、
エルゼ・リューテル

アンノ・ラインスベルク

西岡あかね 訳

東京外国語大学出版会

*Kriegs/Läufe*
*Namen. Schrift.*
*Über Emmy Ball-Hennings,*
*Claire Goll, Else Rüthel*

目次

# それぞれの戦い

エミー・バル＝ヘニングス、クレア・ゴル、エルゼ・リューテル

# ブロンドの餓鬼、
# 世界を抱く

## エミー・バル＝ヘニングス（1885–1948）

*Emmy Ball-Hennings*

エミー・バル=ヘニングス

Hanns Holdt, Emmy Hennings, 1920-1921, Schweizerisches Literaturarchiv（SLA）

お話しして、世界さん。

彼女の恐れは雅《みやび》な歌だ。苦痛の中で、引き裂かれた断片たちが争いはじめる、指が、髪が。彼女はきき耳をたてる。

彼女は語る。彼女は九歳。するとオルガン演奏の最初の響きが、ヘブライ人の族長ヤコブが、聖歌が奏でる音の階《きざはし》をたどって真っ白な紙によじ登ってくる。怖がりな子供。教師がいつものように彼女を叩こうとするまさにその時、彼女は鉛筆を隠し持った手で耳を守ろうとして、鉛筆の先で鼓膜を破ってしまう。

それから彼女は大きな声で話しだす、どうしようもない調子で、勇ましいくらいすてばちになって。苦痛、神の痛手の音楽（それに合わせて彼女はこっそり踊っている）。若々しく、乱暴に突きだされた、一対の長くて痩せた脚が、彼女の頭上に落ちかかってくるだけ。

「私の怖いもの知らずの陽気さなら、ライオンをくすぐることだってできそう。」

苦痛は一つの数字だ。彼女はいつも一匹の獣の到来を待ち望んでいる。神は語られた（と彼女は思っている）。彼女には数字の計算なんてできっこないのだ。

最初に空がある。大地はブロンド、小鳥の模様の綿布とミルテの木と氷でできた冬。窓

エミー・バル＝ヘニングス（1885–1948）

にかかったカーテンと同じ、悲しく、貧しげなイルミネーション。子供が生まれると、窓辺には明かりがともされる。貧しい人たちがあいさつにやってくる。

空、雲。大きな海が近くにある。海へと続く通りで、幼いエミーはわき立つ雲の中に、難破した船の姿を描きだす。鳥たちとミルテの花が春を、きつい労働の季節を呼んでくる。

のちに彼女は「タツノオトシゴ」と呼ばれるようになる、あるいは「インゼマン」と。そうしたら、水の中の魚たちは陸《おか》にいる彼女のところに帰ってきて、彼女が文字を刻むナイフの下に身を横たえるだろう。

空、街道。彼女は天気を操る術を身につけ、歌というものを知るようになる。歌え。貧しき者たちの抱く渇望を、エミー。

この乙女は、赤い血の流れる生身の人間だ。時が来たのだ、子供が忘却のイメージを得る時が。

彼女は早くからもう、一つの流れだった。道すがら！ 彼女はいつもほんの短い間、ほんの一休みの間しか止まっていない。彼女が触れたものが何かの拍子で向きを変えた時には、あいにく彼女はもうどこかへ行ってしまった後なのだ。

幻影たち。石がしゃべる。獣も灌木の茂みも。彼女は色とりどりの外皮をまとっている、ささやかに、明るく、まばゆいばかりの光を放ちながら。彼女のドレスは緑色だ。「私の夜は静かな谷間。現在と昼のことを、夜は何も知らなくていい。夜は私の妹で、私と同じくらい一人ぼっち。私はさみしい、妹の夜と同じくらいに。そして日が暮れて暗くなると、まるで彼女が私を見捨てて一人きりにしたがってるような、そんな気がよくする。私は孤独に打ち捨てられてしまう。すると、私は夜になる。[1]」彼女は微笑み、身をかがめる。

幼いころ、彼女は鳩のように語っていた。

彼女は言葉を拒否し、夢に話しをさせる。彼女は彼女自身の嘆きであり、記号という不可思議な存在であり、天空と街道のしじまの中で鳴るリュートだ。

世紀転換期のフレンスブルク。彼女が鳩の「クークー声」だと呼んでいた、あくなき自分語りの声を、のちに彼女は自らオルゴール時計のメロディーにたとえるようになるだろう。甘美で穏やかな音。

三歳になってようやく彼女は、これまで無秩序に彼女に吹き込まれてきた言葉をしゃべりだすようになる。

しかし、文字の中では彼女は子供のままだ。

彼女にとって、自分がいつか書くことになる文字は、鳥の鳴き声、嵐のように激しい欲望、そして常に祈りである。

彼女の母がしゃべるとりとめのない声。その声は降りそそぐ雨のようだ。エミーはその声が大好きなのだ。


小柄で、青ざめた顔色と、白墨のような肌。

黒という色を見ると、電気が走ったみたいにびくっとする。新聞に載っているたくさんの死。彼女は座って、誰かを亡くした人たちに数えきれないくらいたくさんの手紙を書く。

神は急峻な光の斜面。そこでは驚きが、そして星が花ひらく。

朝、ごはんを食べる前に歌ったりしたら、日が暮れるまでに泣くはめになる！　神が自分のことを愛してくれていると彼女は信じ切っている。はっきりしたことは彼女にも分からない。彼女は常に逃れ去る存在なのだ。

旅の空。「グリーンランドは寒いの。」病気で弱り切った彼女は、何を聞かれても、このたった一つの、気を揉ませるような返事しかしない。

お皿の中を世界が漂っている。病み上がりの彼女が見る世界はオートミールの粥でできていて、ミルクを注ぐと、海と丸い粒々が切り離されてしまう。混乱してしまいそうなほど冷ややかな大地の眺め。彼女は眩惑され、ためらいもせずに、すべてを地図に書き込む。彼女の周囲は冷淡さにつつまれているけれど、彼女にはそれが我慢ならないのだ。

突然、彼女は眼を閉じ、極地に向けて素早く心の舵を切る。ねえ、私を抱きしめてちょうだい。「小さかったころ一度、田舎でほんの短い距離だけど、天使のお供をすることができた。本当にほんの少しだけ。でも、天使は私とは違う足をしていた。そうに違いない。だって、草には触れた跡がなかったのだから。足跡を探してみたけれど、見つかったのは私の足跡だけだった。ただ、私が自分でつけた足跡だけ。[2]」

痕跡を残さず、言葉を手に。財産といえば、切り売りできる労働だけ。幼年時代は天国であり、沈黙であり、かつ労働だ。使い走りの、すばしっこい少女エミーは、父がつく嘘や、彼の信心ぶった長話、それに海賊稼業から言葉を盗み取る。彼女にとって、船の索具工だった父は言葉を発する舌であり、七つの海にまたがる世界なのだ。クジラの腹の中に入った小預言者ヨナ、そこで彼はロープと飢餓を結び合わせる。

そんなふうにして、彼女は言葉の中に入り込み、旅に出る。人生がダンスであればいいのに、と彼女は思う。さっと身をひるがえし、魚は空を飛ぶ。それで彼女はというと、いつも、いつも、目が眩むほど、クルクル回転しようとする。息ができなくなる。

ありとあらゆる物と人に名前を与えたいと彼女は強く望む。彼女は話す。彼女の感覚は水のようだ。寄せては返す。決してとどまることはない。そして別れも知らない！

話し声を彼女は聞き分ける。でも、誰も返事をしない。

沈黙の中で、ただ一人、誰の声にも邪魔されず、流れに身をまかせ、そう、一編の歌がよろめくように歩む中で、彼女は反骨心を身にまとう。エミーは運命の役回りを研究する。（未来の）夫は心なし。誰もやってこない待ち合わせ場所、里程石「K．M．三・二」[3]。苦悩と運命。お話しして、世界さん。

幾度もの仮装。肉体という空っぽの洞穴、その中で、生命は決して死すことはなく、絶えずよみがえり、外皮と声と顔が入れ替わる。その肉体は、こっそりと反乱を起こしているのだ。

肉体という異国の地で生きのびること。

肉体は、「熱狂と、抗しがたい死神に守られた[4]」亡命地なのだ。それはダンスをし、バリッと音を立ててひび割れ、おずおずとした身振りで子供時代のことを、運の悪さを告げ口しては、でんぐり返しと言葉を混ぜ合わせて、また一つにする。

ラフィーエン・ジウアライは一九一二年、ベルリンのリンデンキャバレーでエミー・ヘニングスを見て、この肉体は電気が流れる液体のようだと語っている。「この子は侮れない。ヒステリーと過敏さと、文士が知恵を絞っている時の集中力を身につけているこの女の子が、かさを増しながら、雪崩をうって議会制にまで攻撃をしかけるのを誰が止められようか。議会制、それは、抑圧された者たちが、絶望と破壊を求める怒りをほんの一瞬だけ爆発させることができる、唯一の社会制度なのだ。もっとも、その爆発は、危険でもなければ、痕跡をとどめることもなく、ビジネスにも好都合ときている。とにかくこの子は侮れない[5]。」

　臆病な男は、アナグラムにその身を隠すみたいに、自分の隠れ蓑になる架空の女の姿を創作するものだ。

困窮という心霊修行。空と街道。言語。彼女が耳をそばだてて父から盗み取った、ただ一つの財産であるこの言語が、跳躍の動きが、好奇心で早口になるしゃべり方が、エミーを風変わりな地へと導いていった——彼女は生涯貧しく、独学で学ぶ女性だったのだ。彼女がこれほど熱烈に呼びかける相手が、彼女がささやき、歌いかけ、悲しみを何度も何度も訴えかけるなにものかが、答えを返せるようにするために、彼女は「自己」という一人の存在を創造するのだ。それを彼女は神と名づけている。

　神は語る。彼が彼女の舌だ。ひっそりと人目を避けて、彼女は彼と共にある。彼は、彼女の内にある神聖な場所だ。不可思議でほの暗い秘密。生きたまま封印され、彼女の内から語りだす肉体。場所と声は一体なのだ。

　その内なる場所で、舌がひそかに死物に触れる。すると死せる物は息づきはじめ、光の中に姿を現し、認識され、見慣れたものとなって、言葉の領域に入り、そうして存在しはじめるのだ。

　お使いの少女エミーは、世界のど真ん中に身を置く。本当のところ、そこは墓地なのだ。貧しさ、日々のせっかん、労働。

絶え間なく境界を越えて、聖なるものの方へと滑り去ってゆく――傷つけるものは何も、そして誰もいない。まるで彼女はドラゴンの皮を被っているみたいだ。謎めいていて、ふくよかな声をして、胸をふるわせている。

彼女が歌うだけで、粗野なものは獣みたいに後退りする。

流れの中を進んでゆく。彼女は勇敢だ。自分の内部に、世界と時間からこぼれ落ちてしまった自己を作りだし、神的な無意識の世界に入ってゆく。「詩を書くのは私の記憶であり、思い出なのです。」

彼女は女優になりたいと思う。お話しして、世界さん。

兵隊たちが歌っている。

「「ねえ、お嬢ちゃん、一緒に行かないかい？　行くって言っとくれ！」／水兵さんが私にキスをした。／「今日にはもう旅に出る身だからさ。」／バタヴィアの少女たちは器量よし……[6]」どうして逆らえよう。十四でもう彼女は落ちぶれてしまう。湿っぽい不幸の道程。粗悪な「オフィーリア」。

勤めに出たエミーは、繊細で、夢見がちな女の子。うわの空で、透過性の皮膜のようにすべてを通過させてしまう。その薄い皮膚がごしごしこすられ、生気を帯びはじめる。骨ばった体が踊る。母が見張っている。飢え、それから敷布団と、殴ったりしない男。靴脱ぎ台がたてる音は歌であり、皿洗いは祈りだ。「信仰とは呼吸をすること。つまり、生きているのは素晴らしいってこと。誰の声だろう？　声は消えてしまった、誰の声だか聞き違えてしまった。聞いたことのない声がする。私は一体どこの生まれなんだろう？」[7] うっかり彼女が入り込んでしまった扉はすべて開かれているけれど、沈黙が、まっすぐな逃げ道が、彼女をまた外へと引きずりだしてしまう。走る。これより悪くはなりっこないでしょ。

この世界は死者が暮らす野原だ。息吹が、かすかに、はだしで草地を抜けてゆく。産褥、よごれた地面。

騒がしい昼間の台所は、まるで小説みたいなもの。彼女はそれを読む。幸せなめぐりあわせ！　殺人と狂気。それに、台所ではいつも身をかがめていなくちゃいけない。不毛な生活でも死ぬよりはまし。彼女は泣かないと誓ったのだ。兵隊たちが歌っている。

夕暮れ時、家に帰る道すがら、彼女は高い格子の柵の前でうずくまる。暴動。たくさんの声。

男たちは彼女から離れていった。駆けてゆく足並み。もしかするとパレードかも。男たちは皇帝陛下《カイザー》に向かって歓声をあげる。

「民に愛されたる喜び。」ほんの一言二言話しただけで、少女エミーは混乱し、知らないところに逃げ去ってしまう。彼女は気づいているのだ。自分が風であり、歌であり、この世のすべての人たちの恋人だということに。

彼女が耳を澄ますと、兵隊たちはかまびすしい声をたてて、彼女を言葉の世界へ、旅へ追いやる。七つの海を、父のほら話の口振りを、ナイフの刃でなぞってみる。

(やがて来る)死が奏でる歌から、彼女は身にまとう言葉を借りてくる。

動き、ヴィジョン——覚醒した女の旅立ちという夢物語が残していった傷痕は、男の声で歌われる。エミー自身は崖っぷちにいて、声を持たない。何かが彼女の内部で語る、音もなく、声に出すこともなく、彼女と共に語ることもなく。

彼女は肉体であり、鍵盤なのだ。その鍵盤の上で「それ」が、神であり風であり歌であるものが、音楽を奏で、語るのだ。何かが呼んでいる。彼女は答える、たくさんある声の一つで、美しく、おずおずと。でも、その声は決して彼女自身の声にはならず、煽り立てることも、不協和音を奏でることもない。

子供はいつも、聞くことを、そして読むことを、祈るように望んでいる。絶え間ない訴えと、耳を傾けてほしいという願い。

彼女は一九三〇年代の後半に、詩的な脚色を加えた素描風の自伝をいくつも書いている。[8]そのころ五十歳くらいだった彼女には「不思議な子供っぽさ[9]」があったという。その自伝的スケッチの中で彼女は、まさにあの歌であり祈りであるものを、執拗に韻を踏みながら、どこまでも変奏してゆく。乏しく、悲しい響き。それは、次々に展開しながら大きくなり、様々な声がもつれ合う中で、突然、ただ一つの音になるのだ。果てしのない、声の迷宮。遠くで聞こえる、全く冒瀆的な不敵さ。

響きが突然止む。荒々しい中断。肉体は声をひそめる。

しじまから響く声。「運命」はその中にある。良き心も、抱擁も。すべてを抱きつつ、あらゆる境界から解き放たれた状態。どこまでも身をゆだね、それでいて欲望を持つこともない。暗く、謎めいた領域。

声を発する肉体に性別はない。「もしかしたら、探しているものは、探していない時に見つかるのかもしれない。でも、まずは探さないといけない、それも長いことかけて、隅々まで徹底的に。いつも「もしかしたら」と感じながら探さなくてはいけない。探し続けているうちに、何を探しているのかもう分からなくなってしまっても、それでもなお探さなくては。それほどまでに求め、探さなくてはならない……そうすれば、もしかすると見つかるのかもしれない、全く予期していなかった場所で。[10]」

民に愛されたる喜び。子供時代は終わり、戦いの歌が始まった。

街道。

ダンスが始まる。彼女自身の存在、困窮。やせこけたブロンドの餓鬼が、世界を抱きつつ歌の中に歩み入る——夫は去り、子供は死んでしまった。心よ、鳥よ、行け。

彼女は他人の皮を被っている。「私は寝ずの番をして」、自分自身の皮膚を昼の光から守る。

光の中で、彼女は青ざめ、身をこわばらせている。彼女はしゃべる。一文無し。自分自身を舞台にして、彼女は人生を演じている。二本の腕と二本の脚、それからまた子供がお腹にいる。彼女がまとう衣装は、嘘と、しわがれたかわいらしい声と、しぶとさだ。

彼女はずぶの素人。ああ神様、彼女の神秘劇は、そう、彼女の糧であり、彼女の生活でもあるそのお芝居は、街道を渡り歩きながらサバイバルを演じてみせる。

そんな風にして、彼女はある「存在」の中へ逃れでる。まだ他人の洗濯物や食器を洗っていたころ、彼女は彼女自身の歌を、夢を見つけたいと願いつつ、この「存在」を三文小説から盗みだしてきたのだ。神を意味の不在と取り替え、パンと貧困を交換したいと望みながら。

道すがら。世界は荷車だ。エミー・ヘニングスはその上に腰かけている。彼女は放浪する。安キャバレー。どさ回りの一座。「私は、嫌でもすべてをフィルムに写してしまう、几帳面なコダックカメラなの。」

ホルシュタイン、ゲーリッツ、ポーゼン。世間から忘れられた場所、飲み屋の舞台。彼女が触れると、どんなものでもみなしゃべりだす。

彼女は歌う、演技する。彼女は学習する。幸せな時期だった。この若かりし年月に、彼女の人生行路の止まることのない運動は、最初の手がかりを、痕跡を残している。互いが互いに食い込み合い、しっかりと鈎《かぎ》留めされて、言葉と足は、一直線に伸びる逃げ道を探している。この道に沿って、彼女は幾度となく沈黙に身を投げるのだ。

幻影たちが現れる。それから、「白い旗をなびかせた熱情」に向かって、つまりは言葉の中へと身をもたげ、迷い込みたいという強い願いが。『どこまでも続く歌』[11]。病床で、母のために書いたこの作品は、ろうあ者のジェスチャーで語られた、奇妙で未発達な言葉の歌声だ。この歌は、音もなく懇願しつつ、涙、嘆き、祈り、そして肉体と言語を、いくつもの、身体なき「聖なる」声に分かち、そうして語り手の女を無に帰すことで救済しようとするが、彼女はそれでもよみがえるのだ。「私」のたどる道は――またもや、声量豊かな沈黙に分け入る。

女は語る。誰も彼女に耳を傾けはしない。

「「ご存知ですか？　自分が生きたいように演技ってできるんですよ。どう言ったらいいでしょうね。私はいつも、自分が待ち焦がれているものを演じていたんです。自分の理想の姿を演じてあげたら……ずっと長いこと演じてあげたら、するとすべてが本当のことになったんです……[12]」

幻影たち。「本当のこと」がまとわりつき、幻影に力をかしてくれる。

飛行／ダンス中のエミー・ヘニングスに出会った人たちは魅了されてしまう。彼らは、エミーの生きざまを定めている海を形作るエレメントであり、彼女の歩みと歌に呼応して姿を現すのだ。彼女のヴィジョンは人の心をつかみ、満たす。それは庇護を与え、武装を解かせる。

完全に見捨てられた世界を、彼女はこっそり匿っている。「秘密」は彼女と共にあるのだ。うわごとも、貧しく空っぽの舞台も。

いつも、何か途方もない息苦しさが、胸を打つほどにそっけない感じが、彼女を取り囲んでいる。幸福と家——彼女は踏みとどまり、分け与える。樹木と繁み、ヤギのような顔がその中に見える。むき出しの荒々しさ。星が一つ降ってきて、生気なく微笑む老婆の幻を彼女の胎に描き込む。場末で、安酒場やぼろ小屋の舞台に上がり、男の子みたいな声を枯らせて、農夫たちや子供たちの前でひどくみじめに困窮を演じて見せるその場所に、彼女は根を下ろしている。そこで彼女は観客たちの似姿になる。街道、畑、星。ここで彼らの間にいる時、彼女は自分自身になり、そして彼らの内部には、彼女と同じ顔をした存在が宿るのだ。つまり、気高い餓鬼の姿が。

私は民の言葉で語っている（と、そんな風に彼女は思っている）。

この語りを通じて、つまり、ものすごい年寄りやみなしご、にせ王子や首切り人がひしめき合う三文小説の語り口で、彼女は奇妙な仲間たちを創造する。創造されたどの存在も、力強く、感じやすい。創られた者たちは語る。エミー・ヘニングスが抱きしめると、その者たちは返事をし、会話を始める。物狂おしく、それでいて、まるで姿かたちのある人間のように、有限の世界を超えて。

樹木、星。「私」という存在。「私の大好きなものが息づきはじめる。静かに私を受け入れてくれるものを私は抱きしめる。言いようもなく愛らしいものが、青い色をしたものが、私を満たしてゆく。優しいふるさとが私にそっと触れ、ようこそとあいさつする。真実という慰めを匿ってくれるのがメルヒェンなの。大地の心臓がトクトクと音を立てて打つ。静かな夜に、私はそっと耳をそばだたせる。(13)」

ダンス。旅。代償に得た夜は衣装であり、熱病でも、不安でも、そして言葉でもある。女は、遠く離れ、一人で立ちつくす。彼女のすてばちなまでに独立独歩の精神、彼女の動き、恍惚とした忘我の状態は、苦労の末にようやく獲得されたものにすぎない——彼女の唐突な旅立ちは、凝固したような境界線の所で行き止まってしまう。女という「法悦」の神／体に内在する、避けがたい境界線で。

　女は異邦の人。彼女が知識を得ることはない。彼女には自分のイメージがなく、それゆえに顔もない。エミー・ヘニングスのいくつもある顔は、彼女の匿名性と失語症を映しだす鏡だ。彼女の言葉は神への捧げもの。拒否権を持つものに、すなわち文字とまなざしになるために、彼女がこの鏡の中に歩み入ることは決してない。彼女は盗む。家父長的文明の縁をたどって、道中ではフレンスブルク連隊の点呼場で兵士たちが歌うのを聞きながら、自分と同じ年ごろの女性の心を占めているものを、つまり神を、彼女は無頓着にくすねとってしまう。――神、それは、あらゆる種類の（女による）レジスタンス的踏み外しに対抗する、男の経済的合理性なのだ。

　生活。食い扶持を稼ぐこと。

「「お夕食《スペー》ですか?」」

……おかしなフランス語の発音ね。スペですって?　それじゃあ、オペラを書いた人のことじゃないの……

このウェイターったら、ずいぶん私の脚をじろじろ見るのね……

「私、この黄色いストッキングをはいて、〈オルレアンの乙女〉の役を演じたんですよ。ゲルゼンキルヒェンでフランスを救ったのよ！(14)」どっと笑い声がおこる。すべての人の視線が彼女に向けられる。傷つき、自分の生について語っているこの女に。その間にも、彼女自身は沈黙の中に消え失せてしまう。

彼女は恥ずかしがり屋だ。この女は自分の髪を売ってしまったのだ。それに、身につけているドレスが、まるで小鳥みたいに彼女の体にまとわりついている。彼女はお腹をすかせている。日中、彼女はほっつき歩く、燃えるような色の、繊細な絹をまとい、涙をこらえて。時々、彼女を泊めてくれる男がいる。

彼女はコーヒーを注文し、新聞を取りに行こうと急いで立ち上がると、椅子がひっくり返る。すれ違いざま、緑のブラウスの女が嘲るように彼女をにらみつける。爆笑。

緑のブラウスは面白がってゲラゲラ笑う。彼女はびっくりして飛び上がる。急いで席に戻ると、彼女の心臓はタランテラ舞曲の激しいリズムで跳ね回り、焼け跡をつけてゆく。彼女は歌う。

彼女は、業火に焼かれるソドムから脱出するロト。ほんのちょっとでも後ろを振り返る

エミー・バル＝ヘニングス（1885–1948）

と、たちまち石になってしまう。居たたまれなくなって、わざと聞こえるように新聞の広告欄やタイトルページを読んでみる。

男が一人やってくる。彼女は顔を上げ、ウインクする、と男が勘定をしてくれる。女はついてゆく。もうくたくただ。彼女は自分の姿が跡形もなく消えてゆくのを（閉じたまぶたの奥に）見る。悪魔が化けた、三角の眼をした魔法の犬がつけた足跡。幸運は完全に彼女の手の内にあるというわけだ。

「私には全部分かっていたの。ほんの二、三日前なら、こんな鞄を買うことなんてとてもできなかった。夜のうちに、新しい可能性が開けたってわけ。私はそれを自分で選んだ。それからお金を、あるいは私自身を見つけたの。
私かお金かですって？　なんて素敵な、営業許可付きのペテンでしょう。[15]」

抵抗する。誰ともつながりを持たず、一瞬で逃げ去り、常に旅路にあるエミー・ヘニングスは、この戦いの成り行きを、彼女に向けられた男たちの表情や声に基づいて、ひどく細かく描いている。この男たちは、一九一〇年代の初めごろの短い期間、彼女にとっては生活の糧であった。アカペラで子供が歌う、『烙印』[16]。空腹には秘密めいたところは何もない。でも家は必要だ。星、髪、一本の煙草。そうして彼女はベッドの端にうずくまり、魔法にかけられて、動物になってしまったのだと想像する。風、犬。兵士。

彼には脚が一本しかなくて、出ていく時、ドアにぶつかって鈍い音をたてる。（彼が服を脱ぐのを見て、彼女は気分が悪くなる。）彼女の歌は――木々の梢で、もつれ、恐ろしい響きをたてる。神が語っている。

様々な都市。通り。宿。「ぼろきれ[17]」ことエミー・ヘニングスは、少女ダグニーであり、少女イェッテでも、少女ヘレンでもあり、法の保護を受けることもなく、鳥のように自由だ。

彼女は踊り、祈り、渡り歩く。解剖学的に言えば、一本足で。災いが自分の後を追いかけてくる、と彼女は思う。そこで彼女は向きを変え、微笑む。彼女が愛する、あの息吹のような少女たちの顔に向かって。彼女は灯をともす。

空腹、幸運。エミー・ヘニングスは、神だけではなく、この少女たちをも身に帯びて、彼女たちを、自分が与えた言葉の中へと、そしてまた、何度も何度も旅へと連れてゆく。耐えるよう命じられた旅へと。彼女は感謝し、決して忘れない。

売り子たち、ちびの踊り子たち、幼い娼婦たち――架空の自伝的スケッチに描かれたどの像の中でも、彼女はこの姉妹たちの皮膚となり、声となる。この上なく優しく、モダンで、生気に溢れた姿をして。

彼女は知っているのだ。彼女たちの笑い、彼女たちの言葉、声、身振り、静かな悲しみ、憧れ、絶望、流れに逆らって死へと向かう道筋が、彼女にとっては地雷を飛び越える跳躍なのだと。

出来事を記録する女は、この道筋の中に開かれた場であり、聖なる文字なのだ。

「人間は、見知らぬもののためのねぐらなの。」[18]

男たち――生活、糧を得ること。ドレス、寝床、告解室、神。

男たちは「大人」だ。あらゆる超越性から遠く離れ、現実的だ。しかし、通りになじんだ架空の女たちの姿の中では、遊戯が存在であり、仲間なのだ（と彼女は思っている）。アルカイックな原型、「幼さ」、すなわち出発と旅。「恋人よ、なぜあなたは私に「わたしよ」と言わせようとするのでしょう。だったら私のところに来て。私は自分の家に帰りたい。私はあなたのところに行きたい。

私の中でこう話すものは何?

それは大地に向かおうとし、そして天国に入ろうとする。それは落下し、また上昇しようとする。それは沈み、また宙を舞おうとする。私は子供なの。子供のままなの。私は子供のままでしょうね。[19]」


この子供は凍える、嘘をつく。


皇帝陛下《カイザー》、戦争。

女は旅をする。カフェハウスは、言葉で綴った彼女の行路《パサージュ》だ。それは言語/領域であり、いかなる拘束からも自由な神話的空間だ。この自由の中で、彼女は言葉と高らかな婚礼をあげる。頭と心という、人気《ひとけ》のない、流刑に処せられた「気ままな」世界の中にいる時だけ、男は彼女に言葉を与えてくれたのだった。——通りに出たらもうおしまいだ。日が暮れてから、女が一人でいるのを見つかったら、最寄りの警察署に厄介になり、しかもそこで婦人科の検診台に乗ることになる。——

カフェは「言語犯の男[20]」の犯行現場だ。

運動であり、言語／混合物である彼がここの理念だ。彼は語り、口述し、言い争いをする。彼はアピールであり、異議申し立てであり、パンフレットであり、行動、怒り、そして書かれた言葉である。詩人エルンスト・ブラスは、こんなカフェのことを誇らしげに「議会ならざる議会」(21)と呼んでいる。

ボヘミアンとは男性的なものだ。女性には選択権がない。そのサークルに彼女が現れることはあっても、入ることは決してない。彼女は歌声かモデルか、あるいはタイプライターなのだ。

彼女の言葉に価値はない。彼女のまなざしは男に向けられている。異性のコスチュームをまとった彼女は、言葉を使わずに、男根的自我を戯画化する。使い古された、ストリートの思考。それがカフェハウスを、「外にいる」俗な常識人たちのバカげた世界から遠ざけているのだ。

中でも外でも、カフェでも路上でも、女は娼婦だ。そして男は、言葉でできた架空の衣装をまとった言語犯は、（彼女の姿を取って）スフィンクスの正体を現す。

彼自身が謎なのだ。女の姿の中に／女の姿を取って、彼は自身の存在を書きだし、演じ、語る。そうして書いたものを彼は抹殺する。彼が席を移る。（女には興味がないのだ。）「またドアが開く。くすんだ緑色のセーターを着ていてもなおかわいらしい、小柄でブロンドの女の子が、外から霧のかかった冷たい空気を、紫煙が充満した店内に持ち込んでくる。血の気が失せた彼女の顔には、無邪気な道化師と同じように、濃く白粉がはたかれていた。「こちらがエミー・ヘニングスだよ。」最初、彼女は胡散臭そうな目を私に向けた。爪が噛み荒らされた、小さな彼女の手は熱を持っているようで、その熱さはこの白い顔には全く似つかわしくなかった。この小柄な女性はいらついていて、しじゅう小刻みに震えている。まるで送風機に取りつけた色とりどりの吹き流しみたいだ。(22)」

一九一二年、エミー・ヘニングスは、七年にわたるどさ回りの末、ベルリン経由で、カティー・コーブスが主宰するミュンヘンのカバレット「ジンプリツィシムス」に行きついた。

飛行／ダンスは終わりを告げる。

兵士たちが歌う、ほとんど聞きとれないほど静かに。彼女は耳を澄ます。ある戦いのドラマの響き、あらゆる苦難に耐えて信仰を貫いたヨブ、彼女のしぶとさ。「私には六つの生業があった。七つ目は困窮だ。」

エミー・ヘニングスは、混乱し、祈る。彼女は初めて詩を書く。明け方に歌が落ちてくる。彼女の内部で、驚きと星が花を咲かせる。『最後のよろこび』、一九一三年[23]。

神が語る。フーゴ・バルだ。「司祭じみた生真面目さ[24]」そのもの。彼は詩人であり、脚本家であり、苦行者である。のちに彼は、徹底的なカトリック改宗者となって、狂ったように——ますます耳慣れぬものになってゆく歌の中へ旅立つ。

道程。

ぞっとするような歌だ。女は裏声で歌う。言葉でできた同胞たち。エミー・ヘニングスが鏡をのぞき込むと、男が、文字が、目が、微笑んでいる。

心動かされ、彼女は歩み入る。彼女は自分を離れ、外に出る。これ以降、彼女の旅には目的地ができる。

世界は飢餓の宿営地だ。皇帝陛下《カイザー》、戦争！

戦争とは、野を越えて走ってゆく行路のことだ。沈黙へと向かってゆく動き。彼女を引きとめるものはもう何もない。耐えなさい、ただ書かれたものの中だけで、男のまなざしの中で。神よ。

まるでそれ以外の言葉で話したことなどなかったみたいに、彼女は彼の言葉を上手くしゃべる。

彼女は、たくさんの鏡に映った彼の中に帰ってくる、まるで荒廃した地に帰ってくるみたいに。彼女の内なる彼は、聖なる書き物なのだ。彼女は語る。

七つの海にまたがる世界、言葉を発する口、小柄でブロンドの黙した女。

一度も振り返らずに逃げ去ったロト。

## 告白

あなたは愛撫するように私の中に生をもたらしてくれた
あなたは私の内部へあなたの詩をささやきかけたのです。
そして私の顔は
いつもあなたを見上げようとするのです、
あなたの神性が、
「私は自分の姿を見たい」と語る時。

エミー・バル＝ヘニングス（1885–1948）

ならば、神の恵みが私の魂の中を吹きわたるようにしてください、
「光あれ！」と。
その時、私は鏡のように静かに立ちつくします。
ああ、のぞき込んで！
あなたの神々しい姿を、おお、無垢のしるしを、
あなたのひそかな門を、知られざる門《かんぬき》を
あなたは御存じなのです、ああ神よ、ただあなただけが(25)。

# エミー・ヘニングス

## 初日の前に

著者は目下、ベルリンのリンデンキャバレーに出演中

彼女は薄汚い自販機食堂に入っていった。カフェに行く勇気はなかった。以前ならいつも、カフェが彼女の隠れ家、そして救いだったのだけれど。お腹が減ったような気がしていた。乾いてしまったオープンサンドがきれいに並んでいるのを横目に、彼女はコーヒー自販機に十ペニヒ硬貨を入れた。熱くないコーヒーがカップに半分しか出なかったけれど、でも彼女には何も言えなかった。おずおずと、彼女はすみっこの席に腰かけた。煙草が吸えるといいんだけど、でも禁煙なのかも。彼女はじっと考え込んだ。今日は初日だった。あちこちの広告柱には彼女の名前がでかでかと出ていた。それを見るのは薄気味悪い

エミー・バル＝ヘニングス（1885–1948）

くらいだった。苦し気に彼女は自分の靴を眺めた。ひどい代物で、ヒールはゆがんでいた。彼女の着ているオーバーは、夜ならまだ何とかきれいに見えた。黒いビロードのオーバー、それが彼女のお気に入りだった。彼女はオーバーをまじまじと見た。それは、着古され、安っぽく見えた。この緑の帽子はありえないな。まあ、この緑色はブロンドの髪にはよく似合うんだけど、でもそれにしたって。私の演目はあれでいいのかな？　彼女はほんの小さな声で自分の持ち歌の最後のくだりを歌ってみた。「私が彼に最後に会った時、ああなんてこと！」彼女の眼は大きく見開かれ、すてばちな感じになった。「奴らはあの人を断頭台に連れてった。」彼女の口が開いた、どうしようもなく苦し気に、そして不安に満ちた様子で。「首置台にあの人の頭が見えた。」つま先だった彼女の体はピンと伸び、こわばった手が、思わず知らず痙攣した。「パリの死刑場《ア・ラ・ロケット》で。」そこで彼女は自分が見られていることに気がついた。肩が落ち、顔はしぼんで小さくなった。ここを出て、今すぐ家に帰ろう。道行く人たちが彼女を見て笑っていたので、彼女の胸は痛んだ。私が今日の晩、この人たちを楽しませてあげなきゃいけないの？　彼女は途方にくれてしまった。彼女はこの大都市を征服しようとしていたのだった。それが今では、彼女は自分の美しさに自信が持てなくなっていた。彼女は二マルクでコニャックを買った。家に着くやいなや、彼女はコニャックをがぶ飲みして、服も脱がずにベッドに身を投げた。七時までは時間があった。八時に楽屋にいれば十分間に合った。そう、とっても素敵にお化粧するんだ、顔は真っ白に、それから口は、血を流している傷口みたいに真っ赤にしよう。気持ちのいい、麻痺したような感覚が襲ってきた。彼女は布団のずっと奥までもぐり込んで、微笑んだ。素敵な考えが浮かんできた。もしかすると、野原のどこかで花が咲いているかも。彼女は眠り込んだ。(26)

## 註

（1）Emmy Hennings. *Das ewige Lied.* Berlin, Erich Reiss Verlag o. J. (1923) S. 43.

（2）同書、S. 22.

（3）Emmy Ball-Hennings. *Blume und Flamme.* Geschichte einer Jugend. Mit einem Geleitwort von Hermann Hesse. suhrkamp tb. Frankfurt am Main 1987. S. 62.

（4）Ravien Siurlai. »Emmy Hennings«. In: *Die Aktion.* Jg. 2. Nr. 23 Sp. 726-727. Berlin 1912. Hier Sp. 726.

（5）同書、Sp. 726-727.

（6）Emmy Hennings. *Helle Nacht. Gedichte.* Berlin, Erich Reiss Verlag 1922. S. 12 (»Kindheit«).

（7）Emmy Hennings. *Das ewige Lied.* 前掲書、S. 24.

（8）ここで言及しているのは、以下のテクストである。Emmy Ball-Hennings. *Blume und Flamme. Geschichte einer Jugend.* Einsiedeln-Köln, Benziger Verlagsanstalt 1938, und Emmy Ball-Hennings. *Das flüchtige Spiel. Wege und Umwege einer Frau.* Einsiedeln-Köln, Benziger Verlagsanstalt 1940.

（9）Hans Richter. »Emmy Hennings-Ball«. In: Hans Richter. *Dada Profile.* Zürich, Peter Schifferli Verlags AG Die Arche 1961. S. 21.

（10）Emmy Hennings. *Das ewige Lied.* 前掲書、S. 24.

（11）同前。

(12) Emmy Hennings. *Gefängnis.* Mit einem Nachwort von Heinz Ohff. Frankfurt/M., Berlin, Wien, Ullstein Tb. Reihe Die Frau in der Literatur, 1985. S. 23.

(13) Emmy Hennings. *Das Brandmal. Ein Tagebuch.* Berlin, Erich Reiss Verlag 1920. S. 202.

(14) 同書、S. 15.

(15) 同書、S. 48.

(16) 同前。

(17) ヨハネス・R・ベッヒャー（一八九一－一九五八）がエミー・ヘニングスにつけた「愛称」。ベッヒャーは一九一二年から一四年まで彼女の恋人だった。両者の恋愛——といっても暴力的な恋愛で、女であるエミー・ヘニングスは、この関係の中で、性的エクスタシーのアレゴリーとして、あるいは「獣」として賛美され、文学的には亡き者にされているのだが——とテクストは符合している。

「ダグニー」とはエミー・ヘニングスの偽名の一つだが、リヴィア・ヴィットマンはこの名前についてこう書いている。「スタニスラフ・プシビシェフスキとアウグスト・ストリンドベリの、著名かつ悪名高い恋人もまた、ダグニーという名だった。彼女は実際に、『両性の闘争』の中で最後を迎えた——すなわち、あるロシア人学生が彼女を射殺し、その後、自らを撃ったのだ。」Livia Z. Wittmann. »Um Dagny heulen wir Gespenster...«. Die künstlerische Gestaltung in Johannes R. Bechers früher Prosa und ihre Anreger. In: *Jahrbuch der Deutschen Schillergesellschaft.* Jg. 22. S.

610-636. Stuttgart, Kröner 1978. Hier: S. 610f.
（18）Emmy Hennings. *Das ewige Lied.* 前掲書、S. 8.
（19）同書、S. 9.
（20）»Berlin, München-Zürich, Dada und das Tessin.« In: *Monte Verità. Berg der Wahrheit.* Lokale Anthropologie als Beitrag zur Wiederentdeckung einer neuzeitlichen sakralen Topographie. Ausstellungskatalog. Buch: Harald Szeemann u.a. Redaktion: Gabriella Borsano u.a. Milano, Electa Editrice 1978. S. 151.
ともあれ、検診台も医師も、家父長然とした言葉遣いに見合った娼婦言葉をしゃべっているのだ。掻爬、まなざし！
（21）Ernst Blass, zit. nach: »Berlin, München-Zürich, Dada und das Tessin«. 同前。
（22）Friedrich Glauser. *Dada, Ascona und andere Erinnerungen.* Zürich, Verlag Die Arche 1976. S. 48f.
（23）Emmy Hennings. *Die letzte Freude. Gedichte.* Leipzig, Kurt Wolff Verlag 1913. (Der jüngste Tag. Bd. 5.).
（24）Hans Richter. »Emmy Hennings-Ball«. 前掲書、S. 21.
（25）Emmy Hennings. *Helle Nacht.* 前掲書、S. 7.
（26）Emmy Hennings. »Vor der Premiere«. In: Emmy Hennings. *Frühe Texte.* Hrsg. v. Bernhard Merkelbach. Vergessene Autoren der Moderne II. Hrsg. v. Franz-Josef Weber u. Karl Riha. Universität-Gesamthochschule Siegen. Siegen 1987$^{3}$. S. 17f.

伝記

# エミー・バル＝ヘニングス

旧名エミー・マリア・コルドセン。一八八五年一月十七日、アンナ・ドロテア・コルドセン、旧姓ツィールフェルトとエルンスト・フリードリッヒ・マティアス・コルドセンの一人娘として、ドイツ北部の港湾都市フレンスブルクに生まれる。母アンナは主婦、父エルンストは船乗りで、索具工として造船ドックで働いていた。労働者階級の貧しい子供時代。国民学校に通う。十四歳から家事手伝いとして働き始める。女中奉公とバーの給仕、アトリエ付き写真館での労働。

役者になるための教育を受けたいという、幼いころに彼女が抱いた熱烈な願いは、貧困と、母の反対によってついえた。

一九〇四年、植字工ヨーゼフ・パウル・ヘニングスと結婚。ヨーゼフは、社会民主主義系の禁酒主義者だった。同年に息子が生まれるが、この子は二歳で死亡する。ハンブルクの北西に位置する工業都市エルムスホルンへ移住。同地で夫ヨーゼフは消費組合の倉庫係となる。彼女は洗濯婦として働いた。

ある移動劇団に、夫と一緒に初めて参加する。

夫ヨーゼフとの別れ。二人目の子供を妊娠中だったエミー・ヘニングスは、ショーガールとして一人でホルシュタイン地方を渡り歩いた。一九〇六年、娘アンネマリーが生まれる。彼女は祖母のもとで育てられる。一九〇七年、離婚。以後、エミー・ヘニングスはシュレジア地方とポーゼンにある様々な酒場の舞台に立ち続ける。大衆酒場と安キャバレー。どさ回りの一座。彼女は全くのアマチュアだが、しかし、彼女は学んだ。「ローウッドのみなしご」が彼女の当たり役の一つだ。

契約違反を繰り返し、放浪癖にかられて、彼女はドイツ中を旅してまわった。ケルンにあるヨブ・クラッセンのハンネシェン劇場に出演し、フランクフルトではイディッシュ語劇場の舞台に立った。

カバレット。ヴァリエテ。一九〇八年、彼女はベルリンのカフェ・デス・ヴェステンスに姿を現した。ボヘミアン生活。「新パトス」グループという、初期表現主義の文学サークルに彼女は迷い込んだのだ。ブダペストとカトヴィッツの劇場に出演し、ミュンヘンのカバレット「ジンプリツィシムス」の舞台に立つ。フランク・ヴェーデキントやアリスティド・ブリュアンが書いたシャンソンを歌う。作家フェルディナンド・ハルデコップフ、詩人ヨハネス・ローベルト・ベッヒャーとの恋愛関係。マルセイユでチフスに罹り、何とか死なずに済んだ彼女はカトリックに改宗するが、その彼女が一九一〇年代初めに過ごした数年は、おそろしい苦悩と絶え間のない貧しさ、そして空腹の刻印を受けていた。彼女はどんな仕事でも引き受けた。彼女はカバレットの女芸人であり、行商人であり、ウェイトレスであり、絵のモデルだった。

神を求めるめくるめくような修行と幻影。一九二〇年にベルリンのエーリッヒ・ライス社から出版された『烙印、ある日記』で語られた物語は、この時期に起こった出来事だ。この作品は一種の祈りであり、主人公ダグニーが暮らす界隈のスケッチでもある。そこで浮浪少女のダグニーは、不安、そして売春のことを話して聞かせるのだ。

ジャーナリストのマンフレート・ゲオルクが一九二七年に『ベルリン人民新聞』紙上で

伝えたところによると、エミー・ヘニングスはかってハノーファー滞在の折、友人の画家ジョン・ヘクスターが机の上に出しっぱなしにしていた、シュタイン夫人のゲーテ宛書簡を読んだのだという。この読書体験が、書くという行為へ彼女を導き入れた。

素描画家ラインホルト・ユングハンスが描いた彼女の絵が、クルト・ヴォルフが出版した画集に収録される。

ここに描かれた彼女の顔はちょっと目を引くものだった。ユングハンスは、エミー・ヘニングスにもらった詩を一つ、彼女に興味を持ったヴォルフに見せた。他にはもうないのかと彼女がエミーに聞くと、四つあると彼女は答えた。それから彼女はもう七編の詩を書きたして、すべての詩を、一九一三年、クルト・ヴォルフ社の「最後の審判の日」叢書の一冊として出版した。これが、彼女が出した最初の詩集『最後のよろこび』だ。

一九一二年から一九一四年ころ、エミー・ヘニングスは、当時ミュンヘン小劇場の文芸部員を務めていた、詩人フーゴ・バル（一八八六－一九二七）と出会う。

一九一四年、詳細不明の不法行為によって、エミーは短期間、収監される——一九一九年、この体験を自伝的に描いた虚構の獄中日記『牢獄』が、ベルリンのエーリッヒ・ライス社から出版される。彼女は一九一五年、フーゴ・バルを追って中立国スイスのチューリッヒに移った。

　同地にある小さな路地、シュピーゲルガッセで、彼女はバルと一緒にダダのカバレット「キャバレー・ヴォルテール」を始める。第一次世界大戦の勃発を機に様々な国からやってきた、脱走兵や反戦主義の男女を寄せ集めた、この前衛運動の中で、彼女自身はむしろ目立たない隅に身を置いていた。彼女の抒情詩や朗読、歌唱は民謡風だ。素朴で表現豊かな響きを持ち、陶酔的で、どこまでも自己流でありながら、自我の境界を越えでている。簡素で、しなやかな優しい詩は、絶え間なく祈りに近づいてゆく。

　フーゴ・バルの周りに集まったダダ・グループがバラバラになったのち、エミー・ヘニングスの娘アンネマリーを連れて、二人はスイス南部にあるティチーノ州の山岳地方に移った。一九二〇年に彼女はフーゴ・バルと結婚する。

　世間から遠く離れた共生生活が始まる。ひどく貧しい生活の中で、彼女は夫に注意を払い、書くことに真剣に取り組み、そして、あの頑なで不可思議なカトリシズムに心を傾けた。カトリシズムへの信仰は、燃え立つように情熱的で、苦行者のように物狂いにつかれて戦う女の姿を彼女に与えた。

　一九二二年に詩集『明るい夜』を出版する。一九二三年の『いつまでも続く歌』は、賛美歌的な神への歌であり、カトリシズムへの改宗の証だ。（この二つの作品はどちらもベルリンのエーリッヒ・ライス社から出版された。）

彼女はイタリアを旅してまわった。一九二七年の春、彼女はドイツのコンネルスロイトに現れた聖痕者テレーゼの資料を集めている。一九二〇年代、テレーゼの体に現れた傷痕と彼女の体から流れでる血を見ようと、この世の生に疲れたインテリたちがこぞってテレーゼのもとを訪れていた。エミー・バル＝ヘニングスもまた預言めいた口振りで、この聖痕者との神秘的なつながりについて語っている。

一九二七年九月にフーゴ・バルが死去する。彼の死は、彼女自身の死を先取りするものになった。バルの死後、おおよそ二十一年の間、彼女は女司祭の役を選び取り、貧しく、詩人ヘルマン・ヘッセの援助だけを受けながら、亡霊や声を発する者たちと一緒に生き続けた。

彼女は、昼は工場であくせくと働き、夜は書き、そして語った。

彼女の長い晩年の年月についてはあまり知られていない。彼女はたくさんの自伝的テクストを発表している。『花と炎　若き日の物語』（一九三八年）、『つかの間の芝居　ある女のたどった道とまわり道』（一九四〇年）、フーゴ・バルへのオマージュの数々、聖人についてのあれやこれやの戯言、詩、手紙。

かつて彼女と道を共にした多くの男たちや女たちにとって、彼女は理解できない存在になっていた。彼女の信仰心は笑いを誘い、彼女のことは忘れ去られた。

一九四八年八月十日、エミー・バル＝ヘニングスは、スイス、ルガーノ近郊の町ソレンゴでこの世を去った。彼女が生涯にわたって乞うように書き、そして語りながら手に入れた神のすぐそばで。かつて彼女は「私」と呼べる一人の存在を持ち、それを神と名づけた。自分自身を名指すための名前を、彼女はそれしか知らなかったのだ。

作品

Emmy Ball-Hennings. *Blume und Flamme.* 註3を参照。

Emmy Ball-Hennings. *Briefe an Hermann Hesse.* Frankfurt, suhrkamp taschenbuch 1985.

Emmy Ball-Hennings. *Märchen am Kamin.* Frankfurt, insel taschenbuch 1986.

Emmy Ball-Hennings. *Geliebtes Tessin.* Zürich, Arche Verlag 1976.

Emmy Ball-Hennings. *Das flüchtige Spiel. Wege und Umwege einer Frau.* Frankfurt, suhrkamp taschenbuch 1988.

Emmy Hennings. *Frühe Texte.* 註26を参照。

Emmy Hennings. *Gefängnis.* 註12を参照。

Hugo Ball/Emmy Hennings. *Damals in Zürich.* Zürich, Arche Verlag 1978.

＊一九八九年現在、書店で入手可能なタイトル

# 母／声、戦争

## クレア（・スチューダー）・ゴル

（1890–1977）

*Claire (Studer) Goll*

クレア（・スチューダー）・ゴル

Frieda Riess, Claire Goll, ca. 1925, Silvergelatinepaper,
Courtesy DAS VERBORGENE MUSEUM, Berlin

# 飛行するエクリチュール。私。

「「ねえ、ワッフルだよ……子供時代の匂いがするね……さあ、私のことはうっちゃっといて、なるようになるんだから！」

機関車が繰り返し同じステップを踏んでいる。次は、モーアービット、モーアービット、モーアービット！[1]」

ベルリン、一九一八年十一月。戦争が終わった。今まさに、戦いが新たに始まる。ローザンヌ、ミュンヘンを経由して、その女は革命の舞台に足を踏み入れる。彼女は二十八歳、ほんの一年前、一九一七年には、彼女の名前は当局のブラックリストに載っていた。

クレア・スチューダー。

駆け足の女。書かれた文字。「私」。

空中を頭から真っ逆さまに落下する奇術。息が止まる。

転覆！　とリズムをとって唄うステップ。あてどない歩み。目覚めの時、彼女は様々な物体の序列も、物体の中に隠された記号の階層的秩序も否定する。彼女は、彼女自身を探る探検隊だ。

首都は飛行／圏。女は鳥のまなざしを選択する。彼女の目がレジスタンスを行うのだ。至る所で彼女の目は野火を放つ。私は何か、あなたの見ていないものを見て、それを知らない名前で呼ぶのですよ。

「ベルリンには、お祭りと嵐と革命、すべてがいっぺんに来たみたいだった。政治経験もなければ、革命を起こした過去もない国民が突然、プロイセンの圧政と、息苦しい市民生活のよどんだ空気から自由になりたいと望んだのだ。常軌を逸した熱狂、希望、空腹と夢想が乱雑に入り混じっていた。とはいえ、自分自身が持ち合わせていないものを手に入れた人は誰もいなかったけれど。(2)」

女は街をほっつき歩いた、一人で。荷物を持った手は擦りむけてしまった。

ベルリン、騒乱の巷《ちまた》。内戦中のベルリンは、騒々しく、野蛮で、貧しかった。ユートピアと横暴のはざまにあり、火薬庫となったベルリンは、クレア・スチューダーにとって、綱渡りであり、地雷原であった。

この都市、この「腹をすかせたハイエナ(3)」は、彼女自身を覆う皮膚だ。書くことと歩むことは同じなのだ。暴力、すなわち母／声と戦争は、生涯にわたって彼女を魅了し、彼女に絶望的な逃亡／運動を課したのだった。彼女の皮膚は薄い。絶えず彼女は自分を引っ掻きむしり、ばったりと倒れる。心臓が飛びだしそうな動悸！　ただもう、目覚めた時に痛みを感じるためにだけ生きている存在、傷を負った自我。女であり、文字に書かれた存在。「「五十ペニヒで運勢をお教えしますぞ、奥様方！／さあ、いらっしゃい、未来へようこそ！[4]」」戦争があらゆる秩序をひっくり返してしまった。自分自身の人生の下書きすら持たない女は凍える。「女性的なるものを映す像には輝きがない[5]」とギーゼラ・フォン・ワイソッキーは書いている。女性的なるものは、不断の、退行的な夢を見る。

　コルセットで締め上げられ、運命を映す鏡のように身動きもせず、女は引きこもっていた。彼女は何も知らなかったのだ。

　しかし、戦争が女を家から追いだした。労働せよ！　進め！　周りを見ろ！　パン配給の列に並べ。市電の運転をしろ。機械装置や人間の骨格を勉強しろ。算数を学べ。金は無価値だ。（夫は死んだ。多分。）こんなしゃべり方。覚醒／断絶はいつだって動きなのだ。「外じゃあどこでもドンパチやってるよ。ここにいなさい。」でも、私の場合、参加したいという衝動があまりにも強かった。群衆の中にいると、他のどこよりも気分がよかったし、私は一日中、街頭に出て、休みなく働いていた。都市が夜と寒気につつまれて凝固する時間が来ると、私はようやく家に帰るのだけれど、その時も、新聞を読みながら街灯のもとにたたずんでいるグループがいると、いちいちそこに立ち止まった。ある時など、私はすんでのところで、背後で始まった機関銃の集中砲火を浴びそうになった。(6)」

反戦運動家のクレア・スチューダーは、断末魔の苦悶を呼び起こしては、何度も何度も繰り返し、勝ち誇ったようにその苦しみを蔑みながら、いくつもの境界線を踏み越えてゆく。つまり、パンフレットをまきながら、彼女は飛ぶこと／書くことを、選び取るのだ。

彼女の目は、多くの声や顔を、人間の皮を被った者たちのことをまことしやかに取りざたしては、死に対する芝居じみた好奇心に変えてしまう。この欲望は、いかなる時も抗しがたい、あの母からの通告である。現実にも、そして紙の上でも、自分を殺害することで、繰り返し母の声から逃れようと、彼女は必死だったのだけれども。

彼女の母の声は恐怖である。戦い。

ここで、一九一八年の冬のベルリンで、彼女は自分の全感覚と恐れをはっきりと意識して、この母の声に答える。

戦いの軌跡をたどって、彼女は逃亡中だ。彼女は語る。

彼女は反論する。傷ついた皮膚、都市ベルリン。戦いの道すじ。言語。

この都市を歩いてゆくことは可能だと女は断言する。

彼女はフィールドに杭を打ち、境界線を定める。言語／フィールドが姿を現す。自ら選んだ、自由で目的のない歩みのリズムにのって、彼女は語ることを学ぶ。彼女の目にはなじみのない、あの何かを解読し、言葉のイメージに、人間の姿に変換することを学ぶ。

彼女は一艘の飛行船だ。「群衆ロボット」(7)のくっきりとしたまなざしの向こう側にある視覚。それは、操り人形たちの運命やたくさんの死を超えた所でものを見る眼だ。敗戦と、（社会民主主義右派のための）共和国を目指す闘いを彼女は利用した。彼女は認識する。彼女は人食い人種のようにものを見るのだ。

女は世界をわがものにする。「世界」、それは様々な飢えと渇望の断片であり、メッキのまがいものであり、モアビットの幼い娼婦の微笑みである。

クレア・スチューダーは飛びながら、悲鳴をあげながら言葉を盗む——怒りもなく、貪欲に、容赦なく。クルクル回る／「私」という存在。

彼女は書く。最初の詩集『同時代の人々』(8)は力強く、荒々しい。彼女は激しくつかみ取る。ベルリンは彼女の息吹なのだ。ベルリンは語り、クレア・スチューダーは返事をする。アカペラで、彼女は戦いの歌を唱える。彼女の詩の中で語る「私」は銃口から生まれでる、すなわち、母の口から。逃走と飛行と書くこと。

言葉のあや。女性。 クララ・アイシュマン、一八九〇年十月二十九日生まれ。悲嘆にくれる子供時代の彼女は、のちにドイツの強制収容所で殺されることになる母に先んじて、死の中を旅していた。「あの女の家の上にかかっていた不幸の星は粉々になっていたよ。あの女はじきに罰を受けるだろうさ。結局ね、悪い母親たちはみんな、灼熱のスリッパをはいて、死ぬまで踊らなくちゃならないんだからね。[9]」

彼女は母を愛している。書きものの中で、彼女はにべもない身振りで母を殺害する。サバイバル。彼女が創造した女たちはみなそれぞれ、顔を破壊され、手足を切断されて、大げさな身振りで死んでゆく。「あなたを見ていました。あなたを感じていました。女よ、白い肌の女よ、赤毛の女よ、むき出しの、口の開いた果実——湿り気を帯びて口を開けた姿。

悠然とした女性たちはみな、庭園を横切ってゆくのです。これ以上に色彩豊かな楽しみがあったでしょうか。濃厚な黄金色のワイン。深紅のリンゴ。歓喜の声をあげる死神。私はあなたなしでいます。私は存在しません。あなただけが存在するのです。あなたの瞳から、たくさんの顔が輝きでる。あなたの言葉からは火が燃え上がる。私はむき出しの大地にもぐり込みます……あなたは大変な成功を収めるのです。あなたには相当な能力があると、みながうすうす感じているのです。しかし、それだけでは十分ではないでしょう。あなたは何かをつくりださなくては。働くのです、仕事をするのです。[10]」

かぼそき女《ファム・フラジール》。クレア・スチューダー。

ほっそりとして、華奢で、赤い髪をした、落とし穴。恋する女。生きることを渇望し、傷つきやすく、ヒステリー持ち。しぶとく、彼女には気骨がある。

輝く、嵐のように激しく逆巻く水面のような顔。尊大で、「悲劇的」なほどに生き生きとして、抜け目がなく、けんかっ早い。

女詩人。彼女はおそろしく口が悪い。

「愛を司る《ヴィーナス》女に天賦の才はない。」

彼女の心は刃物だ。彼女、イヴァン・ゴルことイサーク・ラングの妻となったクララ・ラングは決して容赦しない。

落ち着きのない女。さまよえるユダヤ人、アハスヴェール。不安。いつも彼女が最初に切りつけ、彼女は泣く。そしてまた彼女は立ち上がる。

どの男の中にも彼女は神を見て崇拝し、生物学的に与えられた自分の形態を忌み嫌う。できそこないの肉体を持つ彼女は、自分の性徴を股間ではなく、思考の中でむき出しにするのだ。自分は死産児だと彼女は考えている。「女は無価値な存在だ、卵巣の蓄積物でしかない。そして、私も例外ではないのだ。[11]」クレア・ゴル。

彼女は徹底した無神論者だ。

火事場泥棒の女。女性というのは「他者」だ。中性の存在。肉体という符丁は、彼女の性によってゆがめられている。クレア・スチューダーは、一九一八年に出版された最初の短編小説集に『女たちは目覚める[12]』というタイトルをつけた——死せる肉体のフーガ。傷ついたたくさんの声、叫び、顔。

クレア・スチューダーに言わせれば男性の運動である戦争[13]に主導権を握られた女たちは、ただ言葉を発することでしか、この殺人の儀式に抵抗できないのだ。しかし彼女たちは、むなしく、あいまいに、肉体の内部に、鏡の向こうの不安に向けて語りかけるだけだ。

肉体が語るのだ。

肉体は呪物であり、声であり、まなざしであり、女の禁じられた情欲が戦いとろうとする標的だ。耐えがたく、汚らしく、どこまでも広がる生気のない地帯。それは、女性殺戮という父権主義的思想のために、クレア・スチューダーが占拠したテリトリーだ。

眠りから引き離された、彼女の中の「女」は、部隊から離れて略奪を行う女兵士なのだ。彼女はくたくただ。彼女には、(集団と共有するような)記憶もなければ、名前も、家も、庇護も、夫もない。

夫を持たないということは凍えるということだ。彼女はそれを恐れているのであり、戦争/行為を恐れているわけではない。部隊から離脱した火事場泥棒の女が恐れるのは、二度と誰にも所有されることなく、一人きりで、呼吸し、見ることなのだ。自分の生命を破壊するつもりで、彼女は硬直してしまう。現実に起こっている戦争と、犠牲者を悼む悲嘆の声は芝居なのだ。戦争は舞台にすぎない。逃走は阻まれなくてはならず、女という種属の祖先たる「男」という、自虐的に造りだした守護霊《トーテム》との共生関係を、また新たに空想し直す必要があるのだ。

しかし、男の方が逃亡する。彼は別れを告げて去る。クレア・スチューダーは、石が墓の中に転げ落ちるように、彼に追いすがる。「一人きり」でいるのは、(二人で)死ぬより耐えがたいのだ。同時代の女性反戦主義者で、急進的なフェミニストでもあるリーダ・グスターヴァ・ハイマンはこう書いている。「指導的立場にない少数の人たち――この場合は女性たち――が、戦争のような巨大な破滅的事件を阻止できないのは、近代の男性国家の複雑さがそれを不可能にさせているからだということを、決して忘れてはなりません。ですから、彼女たちには世界大戦を阻止することができたはずなのにそうしなかったといって、女性たちを非難することは、実情に対する無責任なまでの無知にも等しいということを覚えておいてほしいのです。[14]」

一九一七年、亡命先のジュネーヴにいたクレア・スチューダーは、このことを忘れてしまう。各国から来た徴兵忌避者や脱走兵たちの後見を得た彼女は、コーヒーハウスでそろばんをはじく。

戦争の趨勢など些末なこと。「革命」は紙切れだ。

看護婦たち

あなたたち、すべての病床の母たちよ！

嵐の後ろにいる白い鳥たちよ！
あなたたちは優しげに心の水盤を傷口にあて、
流れ落ちる血潮を受け止める。
白い百合の花々、あなたたちは殺戮の中から咲き出でる！
あなたたちは、眠りのあとさきに捧げられる祈りだ。
あなたたちは、忙しい死神の庭園から勢いよく咲きだした、
色とりどりのリラの花につもる涼やかな雪だ。
憐みの雨は、つぼみを付けたあなたたちの魂を開かせ、
追憶のようにやさしく男の上に降り注ぐ。
あなたたちは、幼いころ、病床に寄り添ってくれた母だ。
あなたたちは、子供時代を一緒に過ごした妹だ。
あなたたちは、男の苦痛に寄りそう、素晴らしい恋人だ。(15)

隊列から離脱して略奪を行う女は、肉体に押された男の印の中にヒステリックに逃げ場を探しつつ、そのまなざしをいつも性に向けている。彼女がものを書きはじめると、自身

の解剖学的身体構造の現状調査になってしまう。つまり、クレア・スチューダーは欠けているものを数えあげるのだ。

彼女のまなざしは性器に向けられている。彼女が戦っている戦争とは、肉体の戦いであり、女性を嫌悪する彼女自身の身振りを克明に書き記す行為でもある。

自分の傷つきやすさの限界を測ること以外には何も、これほど強く彼女の心をとらえはしない。痛みの限界は、あらゆる超越性の彼方にあるのだ。

クレア・スチューダーは賢明にも「自然」を予示する。自然とは子宮であり、霊魂《アニマ》だ。男の性器は、思想、まなざし、そして文字だ。

女性は膝をついたまま、世界を水平にひっくり返すのだ。

**母／声、戦争。**「ある日、私はおかしな体験をした。こんな突発的な怒りの爆発の後ではどんな人でも感じるような強い疲労感、疲弊感が、今回はものすごい感覚過敏を伴っていたのだ。これまで体験したこともない緊張が私の体を走り、私の神経は電気を帯びたようだった。口の中で歯が重量を増し、沸き立つ血の奔流に襲われて、すべてが私の頭の中でぐるぐる回転しているみたいだった。貝に耳を当てた時のような、鈍いざわめきが耳の奥で聞こえた。動物的で強力な歓喜が突然、私を貫いたのだ。一瞬の間、私の手足は喜びで震えた。それから、この喜びは次第に弱まり、奇妙な羞恥心を後に残していった。それから、どこか暗い隅に身を隠し、顔を地面の中にうずめてしまいたいという欲求も(16)。」

　このエロチックな刺激のシーンは、混乱と外傷の存在をこっそりと漏らしている。虐待の存在を。

　クララ・アイシュマンは殴られ、虐《いじ》めぬかれた子供だ。彼女の母は撲殺者、拭い去られた血まみれの足跡だ。「そう、彼女は自分が憎む者を殺すのだ。彼女は自分を、自分自身を殺す。その時、娘は彼女にとってただの物でしかない。

殴打することで、母はどうしようもない無力さと自己嫌悪をぶちまける。容赦なく、見たところは好き勝手に、しかし、彼女の放縦さの中では筋道の通ったやり方で(17)。」

　母の声は幼いクララに「ジェリコ喇叭《ラッパ》(18)」を想起させる。怒った母がガラスのコップを口につけると、コップははじけ飛ぶ。彼女のわめき声は、イスラムの托鉢僧ダルヴィーシュのように家中を踊り廻り、恥ずかしさと恐怖で片隅に逃げ込んでいた子供を、母の高笑いが浴びせかける集中砲火の中に引きずりだすのだ。

　恐怖は母の好奇心をそそる。恐怖が彼女を楽しませるのだ。殴っている間に彼女の体は充電され、リズミカルに――むき出しの性欲と化してゆく。彼女の肉体は、娘の逃走／運動と連動して動くが、子供の方は死の恐怖に脅かされ、動きを封じられている。

戦いはどんな境界線も消し去ってしまう。子供には抵抗の仕方が分からない。抵抗は死を意味しているし、またかつても意味していたのだ。

それゆえに子供はあえて母の支配下に入り、不安で頭がどうにかなりそうになりながらも、従順に、彼女と一緒に揺れ動く振り子になる。子供は母の共犯者になるのだ。犠牲者であると同時に手を下す者として、クララは母の肉体がみだらに、めちゃくちゃに痙攣するのを観察する。

母の肉体を手がかりに、彼女は戦争が伝染させた舞踏病を、演出された殲滅《せんめつ》の儀式を研究する。母は彼女の前に獣のような姿で現れる。母の肉体は、様々な衣装で思うがままに姿を変える。

しかし、クレア・スチューダーにとっては、まさにこの肉体こそが、熱烈に待ち望んできた声であり、文字であり、崇拝する呪物なのだ。女という聖なる事物、それを彼女はのちにすべての小説や物語(19)の中で頑なに追い求めている。彼女が殺害した女は「常に、あのよく知られたアルカイックな類型である。厭うべき無、愚かしく、みだらで、しかも鈍感であり、その存在は子宮に限定されている。この取るに足りない存在は、必然的に死に、すなわち彼女自身の喪失に、つまり殺人か、あるいは自殺に終わるのだ。[20]」

母にとって、娘の肉体は戦場だ。クレア・スチューダーは、性的素因としての戦争を細かく分析する。戦争は生物学であり、そして女はその回し者なのだ。一九一七年に、彼女は自分の同志である女性たちに宛ててこう書いている。「あらゆる国々で、苦痛によって成長した女性たちが、(意識的にか、あるいは無意識的にか)再び、かつてなかったほど切実に、奇跡を、解放を待ち望んでいる。まるで、解放には前提となる内的革命など必要なく、外部から解放がもたらされうるとでもいうかのように。しかし自由になるためにも成熟が必要なのだ。男たちによってリードされてきた諸国民が完全に崩壊してしまったことで、私たちはとうとう、この世界を男性的見地とは異なる視点から見ることを学んだはずなのだ。永遠に受動的であることを運命づけられていた、未成年者たる私たちは、戦争から脱して成長し、私たちの地球的使命に適応しなくてはならないのではないだろうか。つまり、すべての人間の精神を高め、すべての人間を連帯させる仕事に協力するという使命だ。まだ全く知られていない意味における自由が、したがってまた、人類のより高次な発展に対する途方もない責任が、私たちを待っているということを、私たちは認識する必要があるのではないだろうか。

ヨーロッパを崩壊させた共犯者である私たちは、私たちが持つ最大の力、すなわち私たちの存在すべての源泉である愛から、何かをもたらすすべを心得ていなかったのだ。[21]」

愛という強迫観念。クレア・スチューダーは戦線を変更する。つまり、彼女の言葉は今後、男が書きものをする／まなざしの中で、戦いの行方を映しだしてゆくことになるのだ。男が語り、彼女は答える。声を持った肉体、苦痛の総合体。

今やすべての欲求が、情熱が、抵抗が、歩みが、ポーズになってしまう。肉体は石だ。逃走／運動は痛みを伴う。この運動は耐え難いものだ。それは、生じてはいない（しかし、それでも書くことで明るみに出てしまう）ものを、母のもとへと引き戻す。それでも、逃れることが彼女には重要なのだ。

母の声と、母が行う戦いに抗して、男の肉体の中に豊饒な隠れ家を、防護装置を築くことが、クレア・スチューダーの目的であり、望みなのだ。彼女から兄／恋人の姿を与えられたイヴァン・ゴルは、友人の詩人ヴァルター・ライナーに宛てた一九一九年十月三十一日付の手紙の中で、端的にこう書いている。「私の……子供というのはクレア自身のことなのです。彼女にとって、私は乳母であり、父であり、夫であり、そして兄なのです。[22]」

三酸化砒素。 追放された女。夫となる男は宿命だ。文字の領域に、彼女が自分のものであると宣言した（しかし、本当は彼のものである）欲望の領域に入ることを彼に認めてもらうため、彼女は身を卑《ひく》くし、うやうやしく彼に触れる。

クレア・スチューダーは、一九一七年、詩人イヴァン・ゴル(23)と初めて出会った直後にもう、恋する女の、ミューズの話法をとる意思を示している。それが、母が戦いに用いた衣装一式から彼女が得たコスチュームだった。

一九一八年の冬、もつれた恋愛関係がもたらした混乱の中、それでもなお気ままに、そして勇敢に、突然の慌ただしい出発の中で――まなざしと足取りに歩を合わせて――企画された飛行／文書《パンフレット》は色あせて見える。

このように書くことで、独立権が約束されたのだ。

女は凍ってしまう。「愛を司る女《ヴィーナス》に天賦の才はない(24)」。

クレア・スチューダーは自分自身の姿を持たないのだ。

彼女の自我は粉砕され、分節化され、母の声たちの中に吸収されてしまう。この母に抗うことが彼女にはできない。生涯にわたって、彼女はたくさんの顔と肉体の、女の断片像の幻覚を生みだしたのだ——自己の放棄、憎悪。
傷ついた、摩訶不思議な声で、呪文を唱えるように語る、傷口。「私」という存在。
毒を盛る女。死者を呼びだす交霊術師、恐怖。すべてを超えて生きのびること。

## 十二時の気分

エリザベート・ベルクナーに愛をこめて

昨日と今日の間に
私は横たわり、姉たちや妹たちがみな、
永遠に向けて今、耳をそばだてているのを知っていた。
私は皮相な人間たちのささやかな真夜中を、
彼らの魂なき足取りを、
海をたたえたまなざしの満ち干を、

そして眠る彼らの髪のいびつな形を見た。
私は見た、ああ、哀れな、顔につながれたような微笑みを、
そして衣装がもたらすたくさんの誘惑を。

そして私は、荒れ狂う感情のカーブから
放り投げられた者たちを見て、
肉体の背後にひそむ彼らの泣く声を聴いた。
その声は、誰にも知られることのない心からあふれだす。
その時、この心は、恋する者の現世にあるまなざしと両の手が
自分の上にかざされていることを、そして
人の世のあらゆる真夜中の不完全さを感じている。
なぜならいつも、一人は谷間を持ち、もう一人は山の頂を持つのだから。
そして、凍りついた時間が溶けて朝になると、私たちはますます孤独になる。(25)

クレア(・スチューダー)・ゴル(1890–1977)

## 註

（1）Claire Goll. *Lyrische Films. Gedichte.* Basel/Leipzig, Rhein-Verlag 1922. Nachdruck: Nendeln, Kraus Reprint 1973. S. 20 (»Messe in Berlin«).

（2）Claire Goll. *Ich verzeihe keinem. Eine literarische Chronique scandaleuse unserer Zeit.* München/Zürich, Droemer Knaur 1980. S. 69.

（3）Claire Goll. *Lyrische Films.* 前掲書、S. 22.

（4）同書、S. 20.

（5）Gisela von Wysocki. *Die Fröste der Freiheit. Aufbruchsphantasien.* Frankfurt am Main, Syndikat Verlag 1980. S. 77.

（6）Claire Goll. *Ich verzeihe keinem.* 前掲書、S. 73.

（7）Claire Goll. *Lyrische Films.* 前掲書、S. 22.

（8）Claire Studer. *Mitwelt.* (Gedichte) Berlin-Wilmersdorf, Verlag der Wochenschrift DIE AKTION 1918. Nachdruck: Nendeln, Kraus Reprint 1973.

（9）Claire Goll. *Der gestohlene Himmel. Roman.* Herausgegeben und neu überarbeitet von Barbara Glauert-Hesse. Mit einem Nachwort von Anna Rheinsberg. Frankfurt/M., Berlin, Ullstein Tb. Reihe Die Frau in der Literatur 1988. S. 162.

（10）Claire Goll/Yvan Goll. *Meiner Seele Töne. Das literarische Dokument eines Lebens zwischen Kunst und Liebe – aufgezeichnet in ihren Briefen*. München/Zürich, Droemer Knaur 1981. S. 22.（イヴァン・ゴルからクレアへの一九一七年九月十八日付の手紙。）

（11）Claire Goll. *Ich verzeihe keinem.* 前掲書、S. 111.

（12）Claire Studer. *Die Frauen erwachen. Novellen.* – Frauenfeld – (Leipzig), Verlag Huber 1918.
「出版社の宣伝用パンフレットからの引用：「女性版バルビュス！　女流詩人が自らの同胞の苦しみを、時代の暗い背景から引き離し、こうこうと輝く認識の光の中に置く。彼女たち一人一人の中で、数千人の犠牲者が一つになり、力強く、行動を求める告発となったのだ。」」In: Yvan und Claire Goll. *Bücher und Bilder*. Ausstellungskatalog des Gutenberg-Museum zu Mainz. Ausstellung vom 9. Mai bis 10. Juni 1973. S. 30.

（13）クレア・スチューダーにとって「衝動」／運動と同義である男性は、常に破壊者／治癒者、すなわち兵士と医師の役で登場してくる！

（14）Lida Gustava Heymann. »Weiblicher Pazifismus« (1917/1922). In: Die Frau in der Gesellschaft. Frühe Texte. Herausgegeben von Gisela Brinker-Gabler. *Frauen gegen den Krieg*. Herausgegeben und eingeleitet von Gisela Brinker-Gabler. Frankfurt am Main, Fischer Tb. 1980. S. 65-70, hier S. 66.

（15）Claire Studer. »KRANKENSCHWESTERN«. In: *Die Aktion*. Herausgegeben von Franz Pfemfert. Wochenschrift für Politik, Literatur, Kunst. 7. Jg. 1917/ 8. Jg. 1918. Berlin-Wilmersdorf, Verlag DIE

AKTION. Photomechanischer Nachdruck: München 1967. S. 324.

（16）Claire Goll. *Der gestohlene Himmel.* 前掲書、S. 96.

（17）Anna Rheinsberg. »Nachwort«. In: Claire Goll. *Der gestohlene Himmel.* 前掲書、S. 193-204, hier S. 196.

（18）Claire Goll. *Der gestohlene Himmel.* 前掲書、S. 26.

（19）Vgl. *Der Neger Jupiter raubt Europa.* Roman. Zürich, Rhein-Verlag 1926. Neu aufgelegt: Berlin, Argon Verlag 1987; *Eine Deutsche in Paris. Roman.* Berlin, M. Wasservogel 1927; *Ein Mensch ertrinkt. Roman.* Wien, E.P. Tal Verlag 1931. Neu aufgelegt: Berlin, Argon Verlag 1988; *Zirkus des Lebens. Erzählungen.* Mit einem Nachwort von Erhard Schwandt. Berlin, Edition der 2 1976; *Arsenik – Jedes Opfer tötet seinen Mörder. Roman.* Mit einem Nachwort von Bärbel Jäschke. Berlin, Edition der 2 1977.

（20）Anna Rheinsberg. »Nachwort«. In: Claire Goll. *Der gestohlene Himmel.* 前掲書、S. 199.

（21）Claire Studer. »Die Stunde der Frauen«. In: *Zeit-Echo 3.* (Juli) 1917. S. 9-10, hier S. 9.

（22）Yvan und Claire Goll. *Bücher und Bilder.* 前掲書、S. 50.

（23）クレア・スチューダーは、一九一七年の春にジュネーヴでイヴァン・ゴルと初めて出会った。「退屈していたので、私は結局、さっき話した例のゴルに手紙を書いたのだった。彼は、私への返事の中で、ジュネーヴに帰り次第、私に会いにくると予告してきた。私は大学の勉強で忙しく、ある日、ジョルジョーネが描いた修道僧にそっくりの、燃えるような眼をした若い男性が私の部屋に飛び込んできた時には、この申し出のことはすっかり忘れていた。「あなたは私の運命の人です！」と彼は叫び、跪いたのだ。」In: Claire Goll. *Ich verzeihe keinem.* 前掲書、S. 31.

（24）「現代のミューズには、競い合って戦う姿勢ではなく、折り合いをつける姿勢が備わっているのだ。彼女の柔軟性とあいまいさ、男性が望む女性らしいふるまいが持つ様々な様態への完全な順応が、彼女の存在を分かりづらくしているのだが、しかしまた同時に、男性の想像力にとっては素晴らしく解釈しやすいものにもしているのだ。彼女は旧来の固定的役割を生きてはいないが、しかし、自分で決めた実験的役割を生きているわけでもない。（もし後者の場合であれば、――特に男性が恋人であり、伴侶であり、文学的ライバルでもあるような場合には――男性からの接近と男性からの離脱が生じるのだろうけれど。）だが、存在内部におけるこのもろさは、文学的自画像の中に現れでずにはおかない。」In: Ruth-Esther Geiger. »Venus hat kein Genie‹ (Claire Goll). Ein *Radioessay* über Schriftstellerinnen als Musen männlicher Künstler.« SDR, SWF, SR. Sendung am 9. November 1982, SDR II, 20.30-21.30.

（25）Claire Goll. *Lyrische Films.* 前掲書、S. 28.

伝記

# クレア（・スチューダー）・ゴル

旧名クララ・アイシュマン。一八九〇年十月二十九日にニュルンベルクで生まれる。母マルヴィーン・アイシュマン（旧姓ヒュルター）は主婦。父ヨーゼフ・アイシュマンは商業経営者で、現職のアルゼンチン領事であった。

ミュンヘンの裕福なブルジョワ家庭で過ごした子供時代は受難の日々だった。クラリッセとも呼ばれていたクララは、生まれてすぐ、五歳年上の兄と共に、母親から心身にわたるひどい虐待を、いやそれどころか性的な辱めを受けはじめたのだ。結果として引き起こされたのは、恐怖と恥ずかしさ、そして度重なる自殺の試みだった。兄は十六歳になったばかりの時にガスを使って自らの命を絶ったが、彼女の自伝小説の中ではユストゥスと呼ばれている、この兄の本当の名前を、クレア・ゴルはその後も決して明かそうとはしなかった。

精神の均衡を失ってしまったクララは、教育改革者ゲオルク・ケルシェンシュタイナーの姪である、女性教育者ユーリエ・ライジンガー゠ケルシェンシュタイナーに預けられた。彼女が運営する進歩的な女子高等学校に通うことになったクララは、自分はこの学校のおかげで人間らしく生きはじめ、想像力を持つことができるようになり、そして生きのびることができたと語っている。

一九四三年に母が、ナチスが設置した、テレージエンシュタットのユダヤ人ゲットーで悲惨な死を遂げた後も、クレア・ゴルは母のことをずっと、生涯にわたって憎み続ける。熱に浮かされたような恐怖の幻影が、彼女の少女時代にはつきまとっていたのだ。

クララはしょっちゅう病気になり、我を忘れるような発作を起こしては、恐ろしい興奮状態や絶望感に苦しんでいた。

一九一一年、この生活から逃れるため、スイス人の法学生で、のちに出版者となったハインリッヒ・スチューダーと結婚して両親の家を出る。

一九一二年、娘ドロテア・エリザベートを出産。同時代の前衛芸術家たちと初めて交流を持つ。出版者クルト・ヴォルフやヘルヴァルト・ヴァルデンと出会い、ベルリンに滞在する。

スチューダーとの結婚生活は五年間続いた。一九一七年、クレア・スチューダーは夫と娘のもとを去り、スイスへ移住した。ジュネーヴで彼女は大学に通い、しばらくの間、女優エリザベート・ベルクナーと住まいを分け合う共同生活をしていた。

ここで初めてクレア・スチューダーは、各国の反戦活動家や、兵役から逃れてきた男たちと出会うことになる。詩人ピエール・ジャン・ジューブの紹介で、彼女はロマン・ロランやアンリ・ギルボーと知り合い、ギルボーが発行していた新聞のためにフランス語の記事を翻訳した。

彼女はフランツ・プフェンフェルトの雑誌『行動《アクツィオーン》』の同人となり、その他にも、スイスで発行されていた反戦主義的論調の二紙、『国民新聞』と『自由新聞』で記事を書くようになる。

一九一七年の春、彼女はギルボーの紹介で、徴兵を忌避してスイスに亡命していたアルザス出身の詩人イヴァン・ゴル（本名イサーク・ラング：一八九一－一九五〇）と知り合った。

彼は、クレアが生涯にわたって情熱的な愛情を傾ける相手となる。

一九一八年、最初の詩集『同時代の人々』と短編集『女たちは目覚める』が出版される。この短編集の中でクレアは、第一次世界大戦を引き起こした本当の責任は女たちにあると非難している。反戦主義を唱えるアジテーションによって、彼女の立場は危ういものになった。彼女自身の言によると、ドイツ国内では、彼女は反国家的な女扇動者と目されていたというのだ。

一九一八年十月、クレア・スチューダーはスイスを後にし、ベルリンでスパルタクス団の蜂起と共和国をめぐる主導権争いの様子を観察したのち、ミュンヘンのライナー・マリア・リルケのもとに赴いた。リルケとの恋はほんの道草だ。

南スイスのアスコナに滞在した後、一九一九年、彼女はイヴァン・ゴルのもとに帰った。二人はパリを新しい住まいに選んだ。

一九一九年、短編集『ガラスの庭園』を発表。

一九二一年、イヴァン・ゴルと結婚。一九二二年、詩集『抒情映画集』を発表。クレアとイヴァンの生活と執筆は互いに符合している。パリ時代の二人の年月を占めていたのは、抒情詩や散文、翻訳の共同執筆作業と、悲劇的な愛情関係、そして、様々な前衛芸術サークルでの活動だった。二人の友人たちの中には、ジョイス、クララ・マルローとアンドレ・マルロー、コレット、ココシュカらがいた。

一九二〇年代末、クレア・ゴルは「社会批判的」小説をいくつも執筆し、発表する。それらの作品の中で彼女は、三文小説と見まがうような通俗的な表現を使って、女性を「生まれながらに劣等な」、子宮的存在だと断じている。『黒んぼジュピター、ヨーロッパを盗る』(一九二六年/一九八七年)、『パリのドイツ女』(一九二七年)、『溺れる人』(一九三一年/一九八八年)が、一連のミソジニー的小説群だ。

一九三一年、危機の年。この年に始まった、夫イヴァン・ゴルとオーストリアの女性詩人パウラ・ルートヴィッヒとの恋愛は、その後八年に及ぶ親密な関係へと発展し、時には二人が同棲することもあった。この恋のライバルを物語の中で葬り去った小説『三酸化砒素』は一九三三年に発表されている。

一九三八年にクレアは自殺を試みる。彼女はすんでのところで命をとりとめたが、それでもイヴァン・ゴルはパウラ・ルートヴィッヒと別れようとはしなかった。一九三九年、クレアとイヴァンはフランスを脱出し、サウサンプトンを経由してアメリカ合衆国へ亡命する。

パウラ・ルートヴィッヒはドイツを一人で去り、イヴァン・ゴルとは二度と会うことはなかった。

アメリカ時代にクレアが行った文学活動とジャーナリズムの仕事は、ファッション評論、演劇と映画評論、短編小説、講習会などだ。クレアとイヴァンは、アメリカの一般読者には知られることもなく、ドイツやフランスからの亡命者のサークルや、裕福なパトロンたちの支援を受けた芸術家コロニーの中で生活していた。

一九四七年、白血病を患った夫イヴァンと共に、クレア・ゴルはフランスに帰国する。夫のために、彼女は自分の創作は後回しにした。このパリ時代、彼女は自身をイヴァンのミューズに仕立て上げ、そうして彼の未亡人としての神話を演出したのだった。

一九五〇年、イヴァン・ゴル死去。

彼女は固まってしまった。兄が死んだ時と同様、何週間も、何か月も、彼女は幻覚に見まわれ、たくさんの声を聴き、幻影を見た。三十年にもわたるイヴァンとの共生関係——それは、あらゆる厄災やイヴァンの裏切りを超えて勝ち取られ、夢見られたものだった——が砕け散ったのだ。

彼女は死にそうなほど力を使い果たし、絶望した。一九五二年から五四年の間、彼女は北米を旅してまわった。連作詩『タトゥーをした心』が書きあげられた。

アメリカから帰った彼女はイヴァン・ゴルの遺稿を整理しはじめ、続く幾年もの間、この作業に取り組んだ。彼の遺産をすっかり手中に収めた彼女は、「言葉が私の存在そのものなのだ！」と言わんばかりに、自分が抱く、愛についての常軌を逸したイメージに合わせて細部のつじつまを合わせ、日付や年代を書き換え、パウラ・ルートヴィッヒの存在を記憶から消し去った。

一九六二年、虚構の幼年時代を語った、彼女の最初の自伝小説『奪われた天国』がリスト出版社から出版される。このテクストは、アメリカ亡命時代の一九四〇年か四一年ごろに書かれ、最初は一九四二年に『野蛮の教育』というタイトルで、ニューヨークにあるフランス語出版社エディション・ドゥ・ラ・メゾン・フランセから出版された。

この半ば通俗小説、半ば抒情的幻想（あるいは悪夢）ともいえるグリム童話風の小説で、クレア・ゴルは、彼女が過ごした地獄のような子供時代を見つめなおしている。彼女の秘書であったバルバラ・グラウエルト＝ヘッセの言によると、この作品が書かれた背景についてクレア・ゴルは一度も話したことがなかったという。

一九六五年、『今世紀を生きた一羽の雀の回想録』（ドイツ語版、一九六九年）がキャサリン・マンスフィールド賞を受賞する。一九七一年、ミュンヒェンのリスト出版社から『夢幻ダンサー　若き日の年月』を出版する。

一九七八年、ジャーナリスト、オットー・ハーンによる聞き取りの録音からテクストを起こした作品『私は誰も容赦しない』が出版される。この「スキャンダラスな回想録」の中で、クレア・ゴルは今一度、ギリシャ神話の復讐の女神メガイラの役回りを演じて見せた。彼女は、高齢になってなお、爆発的に激しい希望や欲望、そして止むことのない夢幻ダンスを花火のように打ち上げ続け、信憑性という意味での「真実」には何の興味も持たなかった。

彼女にとって、真実など一度も存在したことはなかった。生涯、彼女は扮装やポーズを好み、とかく人をいらだたせたり、困惑させたりしがちだった。幼いころに彼女は、魅惑の歌声を持った海の魔物、セイレーンの皮を被る決心をしていたのだから。

クレア・ゴルは絶えず裏切りについて語っている。彼女の性が、女であるということが、彼女に痛手を負わせていたのだ。ミソジニーが彼女の筆跡であり、彼女は女が嫌いだと大っぴらに語った最初の女性の一人だった。

このこと、つまり、彼女の越境性であり、そして彼女のエゴでもあるミソジニーが、彼女に現代性を与えている。男性の肉体の中に故郷を見出すこと、それが、安全に匿われた生活であり、夢であり、そして書くことだった。彼女自身の肉体は異国の地だった。それはいやしがたい羞恥であり、断念であり、そして苦痛だった。

彼女は一九七七年五月三十日、パリでこの世を去った。

作品

Claire Goll. *Ich verzeihe keinem.* 註2を参照。
Claire Goll. *Der Neger Jupiter raubt Europa.* 註19を参照。
Claire Goll. *Der gestohlene Himmel.* 註9を参照。
Claire Goll. *Ein Mensch ertrinkt.* 註19を参照。
Claire Goll. *Der gläserne Garten. Prosa von 1910 bis 1939.* Berlin, Argon Verlag 1989.

＊一九八九年現在、書店で入手可能なタイトル

# 黒衣の未亡人

エルゼ・リューテル（1899–1938）

Else Rüthel

エルゼ・リューテル

Else Rüthel, FotografIn unbekannt, ohne Datum,
Institut für Zeitungsforschung

「……少し経ってから、私も他の人たち同様、印刷された死亡通知を受け取ったが、そこにはこう書いてあった。「エルゼ・リューテルが、前途洋々たる二十二歳で世を去りました。電話やその他の御悔やみはご遠慮ください。故人の遺志に従い、みなさまをご招待します。某日、水曜日の午後六時、故人を彼女にふさわしい形で偲ぶため、自宅にお越しください。軽食をご用意しております。たくさんの後に残された者たちより。」

確かにこれが彼女にふさわしいやり方だった。私たちは喪服でやってきて、悲嘆にくれ、彼女のベッドの上に花や花輪を置いた。すると、彼女は私たちの眼をじっと見て、彼女によるとこれが最後の、お別れのハグをした。ビールとオープンサンドが用意されていた。私たちの周りには、この夭折した女性の精神が、彼女の情熱が、彼女の不思議な魅力が、彼女の詩情が漂っていた。で、それから彼女は私たちを追いだしてしまった。」[1]

彼女の名前は知らなかったが、その名前は興味を引いた。彼女が演出した生前葬は、心を揺り動かし、言葉を失わせるものだ。それに、彼女はこの生前葬で、その後の四年にわたる恐ろしい年月の間、彼女を責めさいなんだ苦しみを先取りしただけだった。彼女は自分の名を呼び、自分の死に名をつけたのだ。

あなたの愛情をうけて……

あなたの愛情をうけて私はそぞろ歩く
すると私の歩みは
やわらかにこだまする
あなたの大きな友情につつまれて。
あなたには

そんなふうに心を寄せ続けていてほしい、
だって、この体の動き、
私の体が光の中に生まれでる動きは、
保護を求めているのだから。
ここにいてほしい。

彼女の名、痕跡。

過激な女の一生。極限状態の生活。世紀の変わり目に生まれたセルフアーティスト、それから多分、愛のアーティストであり、言葉のアーティストでもあった女性にはありがちな、覚醒した自我。我を忘れたように書くことによって得た神的自我のすてばちな神秘化と、モダニズムとのはざまにあって、住むべき場所を持てずにいること、それは、一九二〇年代の女性前衛作家には典型的な状態だ。一九三一年にエルゼ・リューテルは、「ある三十路の女」という自伝的スケッチの中で、こんな風に回想している。「おばとの決裂。人生が始まった、生活が。ああ、当時、私には覚悟があった。骨身にしみて分かっていたのは、この腐敗した空虚な世界の中で私に必要なのは救済だけだということだった。私自身に（それ以外の誰が考えられようか？）、私自身に、私はこの救済という任務を課した。この任務はそれほど大それたものには見えなかったし、私の覚悟にふさわしいように思えた。困難さはイエスの時代と変わらなかった。なんといっても、世界はただ無知ゆえに邪《よこしま》だったのだし、邪さゆえに無知だったのだ――バカげた、筋の通らない堂々巡り。こんなことはやめさせなくては。なぜって、善良であることは、言葉にできないほど素敵なことなんだから。世界中の人たちがただそれを知っていてくれさえしたら！　最悪の場合、私は世界のために命を捨てるのだ。私は十六歳で崖っぷちに立たされてしまった。命を捨てるか、理性を失うか、あるいは逃げ道を見つけるんだ、見つけるんだ。すると、神は姿を現したもうた。長い髭もなければ、キリスト教会の一員でもなかった。それはそこにいた、「彼」はそこにいた――内なる連関の常に変わらぬ真理のみを宿した姿――極度に厳しい人生の瀬戸際で、その存在が感じられたのだ。それは焼けつくように激しく、恐ろしいほどにひたむきであるがゆえに、自らの人間的本性から離れ、純化されるのだった。神は姿を現し、そしてとどまられた。それから十年後、新たなものへ、まだ一度も存在したことのなかったものへ、極端なものへと向かってゆくために、私たちが互いを解き放たなくてはならなくなる時まで。[2]」


周縁での生活。

意識された人生、女性アーティスト、自分であるということ。

エルゼ・リューテルには自分の名前が分かっていた。

いつも極限状態で生きること。男性／そのものである／神をどこまでも求め、探すこと。

松明《たいまつ》の炎のような生。炎を弱めることだけはしてはならない！　停滞は死だ。

人生、逃走のための跳躍、出発——そうして、何度も何度もあの限界にぶつかってしまう。そこには男性／神が待機していて、後戻りするように、あるいはもっと悪いことに、女の胎が発する支離滅裂な歌声に沈潜するように強いてくる。エルゼ・リューテルもその一人に数えられる、越境する女性たちの世代には、多かれ少なかれいつも臆病さ、あきらめ、沈黙という要素がしみついていた。

ロシアンルーレットのような生活。

矛盾に満ちた人生。現代的だと勘違いされた、この自由の構想は、歴史とは無関係で、全く非政治的な、「女の」領域で実現されるのだ。放浪生活、サッフォー的たわむれ、カトリシズム、不安、魂の法悦、そしてミューズのヒロイズム。

爆発しやすく危険なごちゃまぜ状態。男性／神によって、ちょうどよい時をねらって空中に吹き飛ばされた女たちの、この不安定なあり方が、二十世紀の初めに、境界線を越えて最初の一歩を踏みだそうとした女性たちの足場を木っ端みじんにした——そう、女性解放運動を。

どこにもいないもの

魂は
私には死にも似たものであるはずなのに、
こんなにも冷たく、そしてやさしい。

人間の魂は
まるで雪のようにひらひらと私に降りかかってくるはずなのに、
白く、そして静かに。

あなた、霊的な魂よ！
兄弟のように
私はあなたを愛したい。

どこにもいない、かぼそき魂。

あるいは天使たちのひとり?

「彼女は、一九二〇年代と三〇年代のドイツで、役者、カバレットの芸人、ラジオのアナウンサー、朗読家をしていた。ほっそりしたスタイルと大胆なヘアカット、変わりやすいしぐさや表情は魅力的で、しなやかな声は途方もなく遠くまで響く楽器のようだった。しかし彼女は、その激しい気性と、ありとあらゆる形式ばった組織への嫌悪感のゆえに、自分の優れた才能を計画的に発展させることも、特定のカテゴリーの職業に役立てることもできなかったのだ。彼女はいつも、散発的に姿を現すだけだった。[3]」

エルゼ・リューテルは、一八九九年八月三日、ケルンのエーレンフェルト地区にある労働者街で生まれた。

母はラインラント出身で、父はエストニア出身の庭師だった。生まれてから最初の数年間、幼少期の彼女はロシア、サンクトペテルブルク郊外のペテルゴフで、父の管理する庭園の物陰で過ごした。

複数の文化と国の間を行ったり来たりする、いくつにも引き裂かれた生活。両親は彼女を引きずるようにして、ヨーロッパ大陸を渡り歩いた。「それからドイツでは、何もかもが冷え冷えして、すべてが混乱していたし、地味で貧しかった。皇帝《カイザー》が持っていたのは立派な髭だけだった。ものすごい大喧嘩の後に両親は離婚し、子供は母とドイツに残った。そして気がつくと私は、カトリックの古色蒼然たる孤児院の中で、身を噛むように苦しい生活を送っていた[4]。」

一九一四年に第一次世界大戦が勃発した。それからしばらくして母が死んだ。エルゼの放浪生活が始まった。

法の保護を受けることもない、鳥のような自由。彼女にとって人生は跳躍であり、飢餓がダンスのパートナーだった。冒険心と、危うく死に取りつかれかねないような奇矯な言動。

狂った／場所への移動――彼女は自分とも、世界とも離れ離れだった。彼女は走り回り、どこへでも飛び込んだ。この女の子には意思があった。彼女の望みは女優になることだった。「私はしぶとく個人であり続けたが、その間も集団的な事件は起こっていた。歴史的な日々の中、私は目を閉ざして立ちすくんでいた。革命はへたくそな間違いだと私は思った。個々人の魂が完成されることでしか、計画的な方法を得ることなんてできはしないのに、と私は高慢にも考えていた。そんなわけで、私は私自身と、それから私にとってかけがえのない人たちのために、私自身にできることを行ったのだった。[5]」

食べてゆくための仕事。彼女はどんな仕事でもした。

彼女は女中奉公をし、工場で働き、ホステスをした。コーラス団員としての、初めての短期契約。

そして、いつもついて回る空腹。どこにも家のない生活。寝床もなく、一文無しで、生きるために働くこと。

彼女は工芸家であり、見習工であり、詩人だった。おずおずと、そして情熱的に警句を書いては、哲学的で宗教的な問いかけをするのだ。

十九歳のころ、彼女はミュンヘンで、カティー・コーブス主宰のカバレット「ジンプリツィシムス」に出演した。「十九歳。激しい気性で、木を次々に根っこから引き抜き、人に食ってかかり、ボーイや郵便配達夫や車掌とこの世の終わりについてしつこく議論して、ライブカフェで哲学や神秘主義の本を読み、夜には神秘劇を書いていた。さらに、この混乱したご時世に、法定後見人すらいなかった。[6]」

演芸と芝居。彼女は演劇教師のヘルミーネ・ケルナーのところに押しかけた。生徒にしてください。私ならできます。私なら、私なら。

オットー・ファルケンベルク率いるミュンヘン小劇場と彼女は契約を結び、エリザベート・ベルクナーと一緒にシェイクスピアの『真夏の夜の夢』の舞台に立った。

それからは危機につぐ危機だ。殺されたと聞いていた父親と再会した彼女は、二年の間、彼が暮らすエストニアに戻った。タルトゥで彼女は大学に通い、数学と哲学を専攻しようと思っていた……「一九二〇年のことだった。私たちは即興的な生き方をしていた。永遠不滅の世界とはなじみの仲だったし、賛美歌的な感じやすさと、半ば茶化した世界苦の感情を抱いていたものだ。……私はエルゼ・リューテルと居酒屋「ダイアナ」で知り合いになった。彼女にはいつも謎めいたところがあった。冒険と伝説。ピストルを使った決闘のうわさがあったが、幸運にもピストルは不発だったという。振られた何人もの恋人が自殺を図ったという話もあり、その中にはバルト地方の男爵なんかもいたそうだ。彼女は私たちと一緒にできるゲームを考えだした。このゲームはおふざけであると同時に、大真面目に考えられたものでもあった。彼女は私たちの気持ちを手玉に取った。彼女は男たちに、いやむしろ、大人になった坊やたちに我慢テストをしていたのだ。この男たちは彼女に言い寄り、そして彼女は彼らに一夜の寵愛を与えたのだった。しかし、彼女が行ったのはただの儀式だったし、それは、他のすべての儀式同様、単に象徴的なものでしかなかった。つまり、何も起こらなかったのだ、少なくとも私の場合は――彼女と過ごした夜は、私がその後、誰か一人の女性と一緒に過ごすことになったどの夜よりも罪のないものだった。(7)」

ボヘミアン生活、劇場。コカイン。彼女は書く。

我を忘れるように生き、書くこと。詩、自伝的スケッチ、短編小説、宗教と哲学に関する思索。彼女はだしぬけに恋をして、イタリアへと急ぎ、すっかり失望して帰ってきた。ドイツで何度も開催した朗読の夕べ。のちに彼女の夫となったヴィル・シャーバーは、彼女はあの時代に活躍した優れた朗読家たちの一人だったと語っている。

彼女は新聞や文芸欄に記事を書き、市民大学で文学の授業をし、ラジオで朗読したり、アナウンスをしたりしていた。「……彼女は熱狂しやすい女性だった。彼女は多くの人生を、たくさんの人間を、幾篇もの詩を一瞬のうちに、どの一瞬のうちにも生きていた。(8)」

そっと私を抱《いだ》いておくれ

そっと私を抱いておくれ、優しい両手よ！
ワインのように陰鬱に
黒ずみながら悲しみが心に満ちてゆく。なぜ？
ああ、きっとあなたがその苦しみなのね、兄弟よ、
たくさんの愛に囲まれた私には見知らぬ人。
あなたの優しい両手は私をそっと抱いてくれるかしら？

そうして
悲しみにくれる私のものだったすべてが
すっかり流れさってしまうように、
あなたのために。
ああ、

愛する行為を終えつつ、
あなたが私の血潮の中で
親しいものとなるように。

一九二六年にヘルマン・カザック作の悲劇『姉妹たち』がハイルブロンで初演され、エルゼ・リューテルは主役を演じた。

ハイルブロンで彼女は、社会主義左派の平和主義者ヴィル・シャーバーと出会う。彼はジャーナリストであり、後年アメリカに亡命してからは、迫害され、忘れられた男性作家や女性作家たちのために戦うことになった。一九二七年に二人は結婚した。

一九三〇年、エルゼ・リューテルは日記にこう書いている。「私はものを書いているけれど、でも、私を理解しようとしないこの時代との接触はうまくいかない。私は、私がもう経験することがないだろう未来を愛している。現代においては、私は三十歳でもう使い古されてしまっている。個人というものはもう存在しない。つまり、この時代が、そんなものは存在せず、そんなものは求められてもいないと主張しているのだ。でも私は熱烈に自我を擁護する。この過酷なまでに孤独な自我なしには、いかなる神も、いかなる精神も考えられず、どんな神も精神も存在しえない。(9)」

一九三三年三月、ナチスの政権掌握。同じ月にヴィル・シャーバーがミュンヘンで逮捕される。三月初めにはまだカバレット「ジンプリツィシムス」に出演していたエルゼ・リューテルは、彼を釈放してもらうことに成功した。二人は国外に逃れた。エストニアのナルバ・ジュエスウ、チェコのブルノ。貧しく、名もない、みじめな生活。

影絵。「そこに私は、汚い鼻をした、ずたぼろになった天使のように立ちつくす。天使は、その鼻を今しがた、もうろうとして、まだよろめきながら、やっとの思いでぬかるみから持ち上げて――人間になったところだった。

私はもう何も特別なことはしない。時代は言葉を有する。私はそこに立ち、ただ驚きあきれるだけだ。しかし大いに確実なことが一つある――世紀の変わり目に生まれた世代の人たちは、五十歳になったら（ということはつまり、二十年後には）大いにしゃべることができるようになることだろう。(10)」

エルゼ・リューテルは鬼火のような存在だ。彼女は自分自身をとても愛していた――彼女には自分の名前が分かっていたのだ。ものを書くことについて、そして「私」という存在について考え、そのアイデアを演出した人生。向こう見ずで、波乱万丈の人生。夢のように通り過ぎた女の、かすかな痕跡。

彼女は一九三八年七月十九日、喉頭がんで死んだ。

エルゼ・リューテル（1899–1938）

## 註

（1）Hans Sahl. *Memoiren eines Moralisten.* Darmstadt und Neuwied 1985. S. 49f.

（2）Else Rüthel. »Eine Dreißigjährige«. In: *Die Literarische Welt.* 7. Jg. (9.1.1931) Nr. 2. S. 3-5. Neu abgedruckt in: *Bubikopf. Aufbruch in den Zwanzigern.* Texte von Frauen. Gesammelt von Anna Rheinsberg. Darmstadt, Luchterhand Literaturverlag 1988.

（3）Will Schaber. »Vorwort«. In: Else Rüthel. *Im Stern des Jupiter. Gedichte.* Aus dem Nachlaß herausgegeben von Will Schaber und Friedrich Bergammer, mit einem Nachwort von Hans Sahl. マールバッハ・ドイツ文学文書館所蔵、エルゼ・リューテル遺稿集、成立年不明、未公刊。

（4）Else Rüthel. »Eine Dreißigjährige«. 前掲テクスト。

（5）同書。

（6）同書。

（7）Hans Sahl. *Memoiren eines Moralisten.* 前掲書、S. 48f.

（8）同書、S. 50.

（9）Will Schaber. *Weltbürger aus Heilbronn.* Herausgegeben von Gerhard Schwinghammer. Schrift zum 80. Geburtstag von Will Schaber am 1. Mai 1985. Heilbronn, 1986. S. 21.

（10）Else Rüthel. »Eine Dreißigjährige«. 前掲テクスト。

# エルゼ・リューテル

# ベルクナーの芸術

ある日、彼女がそこにいた。私たちの新しい仕事仲間で、長い緑のローデンコートを着込んで、無帽だった。ほっそりした肩をすくめて入ってきた彼女には目立った感じはなかった。彼女は濃くて縮れた髪をしていて、それをうなじで大きな束に結っている。彼女は、ある種の張りつめた精神的用心深さで、その重い束髪を戴いたかわいらしい頭をほんの少し前に突きだしているといった風情なのだが、その反対に、ほっそりとした胴は、はにかむように後退りしている。その身体は、庇護されるべき存在そのもののようだ。そんな彼女は、生存競争の中で使える武器といったら目力くらいしか持たない、臆病で、利口で、敏捷な動物の仲間に少なからず似ている。

絶えず、そして人生のどの瞬間においても、集まってきた人はみな、この目に捕らわれてしまう。この目はなにかの「ふりをする」ことはしない、表現するのでも、「演じる」のでもない。抽象的で、制御された意図を実現するために芸術家が使う道具ではなく、その目はまなざしそのものであり、そしてまたそれ以上のものでもある。すなわち、その目からは、彼女という存在のごく内密な語りかけが、意志が、心が、精神が、そして知性が、絶えることなく、驚くほど澄み切った、抗いがたい明確さで流れだしてくるのだ。彼女という人物のすべてがその瞳の中にある。身をさらされ──そうして何かを命じているみたいな様子で。身をさらし──そうして何かを強いているみたいに。この目がこんなにも澄んでいるのは、その内部にいる人間が一つにまとまっているから、存在と意志がまれにみるような調和状態にあるからだ。見る力だけに頼って生きているような動物に彼女をたとえようとするのなら、大事なことを付け加えておかなくてはいけない。つまり、私が言っているのは、私たちを彼女に対して何もできなくさせるような目のことなのだけれど、そんな目を人間の子供もしているし、さらに、私の言っている動物たちは、まだ幼い間だけ、ベルクナーと同じ目をしているということだ。では、動物と子供の違いはというと、人間の子供は成長すると、動物たちの持つ純粋さや美徳や力強さを持たない存在になってしまうのだ。ところで、ベルクナーの人間存在としての、そして芸術家としての秘密、彼女の運命、選ばれし者としての比類のなさはというと、彼女は大人になるという危険性を免れているのだ。彼女の賢さはしたがって、平均的レベルをおそらくはるかに越えでているのだろう。

それはそうと、彼女が緑のローデンコートを着ていたころ、私たちは彼女のことをまだ「リーゼル」というかわいらしい名前で呼んでいた。そのころ、私たちはミュンヘン小劇場の劇団員だった。当時は、活発で進取の気性に富んだ精神の持ち主が思想や芸術のあらゆる分野で活動することで、革命を経たドイツが第一次世界大戦の惨禍から立ち直れるのではないかと思われていた。劇場がまだ生きていたのだ。他の仲間たち同様、リーゼルもウィーンからやってきたのだった。彼女のヴィブラートがかかった感じのいい声の響きと、その気性からも、ウィーンらしさが多少感じられた。つまり、彼女にはおぼこ娘っぽい独特な感じがあった。ひそひそ話す声や、クスクス笑う声、子供っぽくてかわいらしい大げささや、何かを撫でさすったり、誰かを慰めたりするしぐさも、情のこもった感じのする態度もそうだし、それから開演の前に、成功を念じて勢いよく唾を吐くおまじないを一生懸命にするのも、本当にリーゼルらしかった。

そして、おそらくは彼女のこの性格のためだろう。のちに名声を得たベルクナーについて書かれた論文や評論やエッセイの中では、彼女を表すのに、繰り返し、怪しげで特異な感じのする「魔術」という符丁が使われるようになるのだ。確かに、彼女が子供っぽく生真面目に、安心しきった様子で、本能的に周りの世界と結びついている様は、山の高い尾根の上を手さぐりに進む夢遊病者の足取りの確かさにも似ている。彼女と世界との交わりは、生来の、いってみれば「理性と並行して走っている」道をたどっていて、彼女は自分自身の、論理的には説明のできない威光に従っている。その威光とはつまり、動物が生来身につけているような、教わることも教えることもできないような意志や知識のことで、それらは常に必要なことを知り、常に正しいことを欲しているのだ。

彼女は洗練されている。彼女の優美なジェスチャーや、ありとあらゆる彼女の持ち物からは、彼女の確かで精緻なセンスが、繊細な形態の戯れの形をとって、発散している。彼女はどこまでも貴族的な女性だが、とはいっても、彼女は侯爵家の出でもなければインテリでもない。ゲーテが心の教養と呼んでいるもの、つまり、それなしには習って身につけたどんな教養も後付けの引き立て役にすぎないような真の教養こそが、エリザベートの貴族的高貴さであり、それが彼女の生きた精神性である。おきゃんな淑女が演じる風変わりな芝居！　それが彼女の芝居なのだ。というのも、彼女は高貴な生まれであり、同時に自然児なのだから。いかにも彼女らしいのはその声で、声変わり期の男の子と同様、両極端な音域を持っているのだ――おどけたような低音と、か細い、小鳥が鳴くような、超自然の音階を敏捷に動きまわる妖精めいた声。

それに、あのころ彼女は若かったが、その様たるや、神々の子孫か悪魔の眷属《けんぞく》にしかありえないような若々しさだった。よく彼女は、幸せで仕方ないというまさに狂気じみた感情を放出させて、周りの人たちにその気分を伝染させていた。俗っぽい言い方をすると、遊びたくて仕方のない子猫か、あるいは正真正銘のわんぱく小僧みたい……と、一緒に舞台に立っている私は思ったものだ。あれは『真夏の夜の夢』の公演中のことだった。妖精の女王ティターニアに扮した私は、ロバになった職人ボトムを愛しげに抱きしめつつ、愛を交わしに東屋に向かうため、メンデルスゾーンの音楽の妙なる響きにのって、彼と一緒に舞台から退場しようとしたのだが、そのタイミングで、ベルクナーの演じる、幸せそうな目と低い声をした、いたずら好きの妖精パックがニヤニヤしながら地面に座り込んで、私のはだしの足首をしっかりつかむので、私がびくっとして立ち止まってしまったことがあった。すると、私がいつまでも退場しないので、オーケストラの指揮者は心配そうな顔をするというわけだ。『真夏の夜の夢』の舞台では、いつも彼女に用心していないといけない。彼女からは、次から次にいたずらと冗談が湧いて出るのだから。以前、幕の最中に緞帳が下ろされたことがあった。ベルクナーが共演者のスクウェンツのお腹を踏みつけてしまい、彼が気を失って倒れたのだ。書割の後ろにいたリーゼルは、笑いすぎて息をはずませ、しかし同時に、自分のやってしまったひどい行為を見てすすり泣くという、おかしいのやら、ショックを受けているのやら、自分でも皆目分からないほど混乱して、顔を真っ青にした犠牲者の首にかじりつき、本当にごめんなさいと言うのだった。

そう、最初はそんな風におかしな経験をしているうちに、この小さな女の子には何かが、何か風変わりな偉大さが隠れているなと私たちは感じだすのだけれど、そうはいっても、彼女の女優としての評価は、ミュンヘンでは特に高くはなかった。わがままいっぱいの彼女のわんぱくぶりときたら、舞台の上で大っぴらに、セリフの最中でも、きちんと構図の決まった場面の真っ最中でもお構いなく、突拍子もない悪ふざけを思いつくほどだったが、しかし、これこそが、あらかじめ指示された演技を超えて、芝居を王者のごとく支配する、俳優の卓越したあり方ではないだろうか。『キキ』の公演初日のこと、初日の熱気の中、みなが互いに神経をとがらせ、不安を感じ、憑かれたみたいに夢中になるうちに第一幕が始まると、この第一幕の内容は承知のうえで、舞台の裏で耳を澄ませていた一同みなは、突然ぎょっとして言葉を失ってしまった。ベルクナーが、誰も知らないセリフをしゃべりだしたのだ！　一風変わっていて、エスプリに富んだ滑稽なセリフが、何も知らない観客の歓声の中、次から次へと即興で繰りだされた。相手役は、何か思い違いでもしたのかと、あっけに取られて呆然と舞台に立ちすくむが、いやいや、ここでようやく救いの合図となるセリフが発せられる。とはいえ、お茶目に皮肉めかした調子と、いたずらっぽい意地悪さは隠しきれないのだが。

特に、あの静謐な芝居、タゴールの『郵便局』で「花の乙女」の役を演じた時、私はベルクナーの芸術的才能が常に引き起こす強力な印象の秘密の一端をはっきりと思い知ったのだった。彼女はテクストに変更を加えたり、言葉を置き換えたり、アクセントを置く位置を変えてみたり、ダイアローグの一部を調整したりするのだが、そのやり方はまるで、老練なピアニストが一つの主題を変奏するみたいだった。大きな目で彼女は私の顔を追い、私がついてこられるか見ている。だって、必要とあらば、彼女は暗記した渡し台詞を私に投げてくれるのだから。多分、気の毒そうにして……彼女は役を作り込んでいるのではなく、ただそこに存在しているのだ。彼女は、何度となく演じたテクストを活性化し、変化させなくてはならないのだ。そうすれば、そのテクストが彼女のもとで死に絶えることはなく、テクストは生き続け、新鮮なままでいられるのだ。このベルクナー独特のやり方は、俳優仲間たちから大いに非難されたものだ。リハーサルの時でもう、彼女はこの創造的な原初性にすっかり取りつかれてしまっていて、自分には関係のないシーンでも、時々我慢できなくなり、大急ぎで、目を輝かせながら演出家にかけよって、どうしても話したい演出のアイデアを耳打ちするのだった。丁々発止の議論になることもあったが、その成り行き次第で、低音のガラガラ声が素っ頓狂な主張を繰りだしてきたり、妖精のような声がリンリン鳴りだしたりする。そんな風にお願い、お願いといって人を蕩《たら》すのは、全く子供にしかできない芸当だ。そして最終的には、子供だけに備わった専制的な力が、逃れようもない命令を下すというわけだ。

ネストロイの『楽しき哉憂さ晴らし』のリハーサル中、彼女は、腕を男の子みたいに勢いよく振って蝿をさっとつかむジェスチャーをして、ちょうどいい場面に山場を作ろうと思いついた。ところが、あまりに勢い込んだ彼女は、大きく振った腕をねじってしまった。初日は延期だろうか？　いや、ベルクナーは舞台に立つ、ねじって痛めた腕を三角巾で吊って。

　彼女の、輪郭がぎゅっと引き締まって強烈な演技は男性的な性格のものだった。一方で、ダメなんじゃないかと不安でビクビクしたり、自分で設定した目標が達成できないかもしれないという疑念にさいなまれて弱気になったりする様子は女性らしかった。壮大なものを成し遂げようとしている一方で、批評を気にして、新聞をガサゴソ広げる音にも震え上がり、すっかり消耗してしまうほどの緊張が、彼女の芸術を卓越したものにしていたのだ。彼女はどこまでも賞賛を求めていた。愛されないということ、保留付きでしか認めてもらえないということ、それは彼女にとって死ぬことと同じだった。彼女という人間は完全に、このたった一つの、王者のごとき要求に向けられていたので、彼女の物腰には、いつも求愛するような、誘いかけるようなニュアンスの響きがまじりあっていた。繊細で愛らしく、ずるがしこい子供の要求。私のこと好きになってよ……そうしたら、ここにいるこの女の子は本当に存在することになるの。エリザベート・ベルクナーは、人々が互いに好意を寄せあっている世界、つまりはメルヒェンの世界の真実を、どうしようもない頑固さで強要してくる。彼女はそんな風にして、彼女一流の哲学を実行しているのだ。「好意、共感、そして愛が支配せんことを！　さもなくば我は関与せず！」というわけだ。こういう事情を知っていれば、件の新聞紙をガサゴソ広げる音がどんな恐ろしい威力を発揮するかに思い至ろうというものだ。そんな新聞の紙上では、何も知らない連中が、偉そうにベルクナーをくさしているのだから。彼女のいや増す名声とも無関係ではない、彼女の俳優としてのパフォーマンスを超人間的領域にまで押し上げているエネルギーを量ってみてほしい。骨折ってその心を征服し、彼女を愛するようになった人たちをがっかりさせるかもしれないなどと考えることは、本当に致命的な影響を及ぼすのだから。

古風な人たちは、自分たちの好みが非常に堅実な、つまりは「倫理的に」裏付けがなされた観点に立ったものだという。彼らは、エリザベート・ベルクナーが怒ったような苦々しい表情を口元に浮かべている様子を、とがめだてするような侮辱の表情だと非難する。彼女は「意識的」で「インテリ風」だというのだ。すべてが計算づくで、あざとく、意図されたもので、「自然さ」が全くないということらしい。こういう流儀が彼らの気に入るはずはない。というのも、彼らの意見に従えば、インスピレーションというものは、芸術家の意志や知識と関わりなく、芸術家のはらわたからたち現れるというのだから……そんなわけで、舞台上の人たちに頭を使うことはまかせて、彼らは舞台の下に腰を下ろし、舞台の様子を吟味するというわけだ。なぜなら、それが「芸術の倫理」というものなのだから。知識と故意、つまり、狙い通りに事を運べるというのは犯罪的なことなのだ。それに、動物のように自由な存在だけが持つ、完成された優雅さを身につけたこの女性は、まだほんの子供みたいで、涙ぐましいほどにかわいらしい。そんな小さな子供の時分、男の子は繊細な少女の初々しさをかすかにまとった美しい姿をしているし、同じ年ごろの幼い女の子は中性的なボーイッシュさで素敵に彩られているものだ。で、そんな様子をしたこの女性を、例の批評家連中は嬉々として「不自然」だというのだ。これが本当に女かね？　どこに（道徳的な）円熟味があるのかな？　それに、そもそも彼女には何が「できる」っていうのかね？　彼女はいつも同じじゃないか。

多少とも評価が甘い人たちは、ベルクナーが現代の最新流行の「タイプ」だと心得ていて、彼女のとんでもない成功を専らその事実に帰している。グレタ・ガルボのタイプにはセックスアピールがある。チャップリンのタイプはO脚で、まさしくそんな人間こそが幸運に恵まれるに違いないというわけだ。そんなことをいえば、画家の典型たるラファエロは、もし腕を持たずに生まれていたとしても偉大な画家になっただろうに、それが公にはまだまだ認められていないなんて、いささか残念なことだ。

むろん、ほとんどの人間は、創造的に戦う個人という、うるわしくも圧倒的な神秘にひれ伏すものだ。パーソナリティの神秘性、それがすべての評価の言わずもがなの理由となる。幸いなことに、たいていの人間は、この人釣り女が投げた黄金の投網にやすやすとかかってしまう。そこには類まれなる不思議な幸福が、自分のために用意されていると予感しながら。そして、ベルクナーが準備している幸福というのが、彼女の神秘的な不可思議さの核心だ。単に「幼さ」という言葉で片付けられてしまう時期の最良の状態を、彼女が失わずにいるという不思議さ。ここでいう「幼さ」という言葉は、単純な意味以上に深い内容を含んでいる。というのは、エリザベート・ベルクナーは別に小児症の患者というわけではなく、心身ともに成熟した人間で、その健全な知能の働きは、同輩の中でも一番健全な者たちと互角だったから。彼女の及ぼす効果の特殊な神秘性は、むしろ象徴的なものとして、人々の前にそそり立っているのだ。すなわち、宗教や哲学が探し求める、いまだ原罪を知らぬ被造物の象徴として。

つまり、ベルクナーから我々に向かって押し寄せてくるのは、すべての芸術とあらゆる芸術作品の根源的な構成要素なのだ。彼女は、人間の心の中でまどろんでいる善意、無条件の信じやすさ、人間の内部に隠された安息日の心に触れてくる。彼女のようにありたいという願いを、彼女は私たちに抱かせる。私たちは、かつて存在していた、そしてまたいつか再び存在することになるであろう楽園の子供たちなのだ。この、私たちがほとんど忘れてしまっている事実にエリザベート・ベルクナーが気づかせてくれたと思い、それを感謝するからこそ、多くの人が彼女を愛するのだ。このエリザベート・ベルクナーという人は、知恵の樹から何も取って食べはせず、十二歳のころのままに止まったからこそ、齢《よわい》千となるまで年老いたのだ。この人の魂は、人類が抱く良心のとがめ、仰々しい「文化の不快さ」に毒されてはいない。それゆえにこの人は生き生きとした偉大さを持ち、知性という青ざめた影の世界に囚われた、物欲しげな罪人《つみびと》たちを凌駕している。つまり、幸運児ということ? いや、そうではない。彼女を見さえすれば、エリザベート・ベルクナーという存在が、やすやすと彼女の手に入ったものではないことが分かる。人間が、完成へと至る道の狭い突端に取りつき、絶対性という黄金の文字の中にあるほんの小さな符丁を手に入れるためには、個人としての幸福を徹底的に犠牲にしなければならないのだ。ささいな自己の存在に利益をもたらすために、偉大なものに仕えているのではない。エリザベートの恐ろしい「残酷さ」に気づいてほしい。彼女のパフォーマンスが「意識的」だということに。それが責任を伴う、作られたもので、さらには努力して得られたものだということに。それを身につけるためにどんな条件が必要だったかなど、精神の文化とは縁のない凡人には思いもよらない。ベルクナーの映画や劇場における演技を追ってみると、新しい役を演じるごとに、かえって彼女が「より自然に」なってゆくことに気づくに違いない。役者本人と役とを継ぎ合わせる縫い目となるあの境界線が完全に消えてしまう。多かれ少なかれ、常に演者を役から引き離してしまう重力は廃止され、エリザベート・ベルクナーという名の個人の現身《うつしみ》が役の精神をまとって軽々と舞い上がり、役の方はベルクナーの面立ちに変貌するのだ。あるのはただ現象、表現、形態、そして決まり文句にすぎない。そう、ベルクナーはいつもただベルクナーであり、それ以外の何者でもない。彼女が誰か別の人間のふりをしているのではなくて、むしろ色々な役の方が複数のエリザベート・ベルクナーであるかのように振る舞わなくてはならないのだ。これはどんな役にとっても有利に働くことだし、ベルクナーの芸術家としての誠実さと、卓越した純真さの証でもある。例のうるさ型の批評家たちには、俳優は何かのふりを装っているのでも、何かを演じているのでもないということが分かっていないのだ。俳優が、全く嘘偽りなく、はっきりと本物でいられる、いなければならぬ、そしてそのようであろうと欲する場所は、この世にはほんの小さな一か所しかない。それが舞台だ。俳優が舞台という「世界にも等しき板」の上に立つのは、幾千もの仮面を被って、世界の内なる真の姿に幾千もの仮の姿を与えるためではなく、幾千もの仮面を引きはがすためなのだ！　芸術が与える効果の真実さは、この聖なる露出症によるものだ。ナポレオンが自らを「天才という正方形」（この言葉によって彼は、理性と意志が正四角形の縦辺と横辺のように二乗された状態を表そうとした）の体現者だと称することができたのなら、この女性俳優が、存在と技量が完全に調和した「演劇的天才の正方形」を名乗ることも可能だ。

最初の一歩を踏みだした時からもう、エリザベート・ベルクナーは、彼女の芸術の内にある、嵐が激しく吹きすさぶような道を誠実に歩んできた。燃えるような感情を容赦なく形態という氷の中に閉じ込め、そしてまた今度は、思考し、形成する原理を胸の血潮で満たしながら。生命力を溢れさせただけでは、肉体の空疎な熱狂しか残らない。精神による強制と造形的意志という禁欲的態度があって初めて、無定形なものから組織的なものが生みだされるのだ。

つまり、幸運児なんかではないのだ。働く女性であり、ヒロインなのだ。彼女は、自分の芸術の誉れを全身で守っている。

＊　＊　＊

もう何年も私は彼女に会っていなかった。外国からドイツに帰ってくると、あの小さな女の子は成功者となっていた。ベルリンでの公演が収めた破格の大成功のせいで、彼女は私たちにはほとんど手の届かない遠い存在になっていた。とはいえ、私は彼女に再会した。彼女はネストロイの『楽しき哉憂さ晴らし』に再び出演していた。私は楽屋で彼女を待った。遠くの観客席から鳩がクックックッと鳴くような笑い声が聞こえてきた。あのベルクナーが、昔と同じ、小粋でボーイッシュな低音でしゃべっていた。もうすぐあの幸せな子とまた会えるな……化粧台のわきにはやたらと大きなガラス戸棚があって、その中にはフィギュアがいっぱい詰まっていた。それも馬のフィギュアばかり。馬、色々な大きさの、ありとあらゆる材質でできた、あらゆるタイプの馬。下は安っぽい、縁日の富くじの景品から、上はマイセン磁器やコペンハーゲン磁器のものまで。それどころか化粧台の上にまで、あの慌ただしく、いつもごちゃごちゃの場所、舞台前の緊張が燃え盛るかまど、生死をかけた戦いの戦場、そんなところにまで小さなお馬さんがのせてある。どうやら一番のお気に入りらしい。木製で、金属製のくつわと、革でできた子供だましの手綱をつけている……

「これ、お守りなんですよ」と、リーゼルの肌着を片付けている付き人の女の子が教えてくれた。「家にはもう一つ、これと同じくらい人きな戸棚が馬でいっぱいなんですよ！」するど突然、ほんの一分ばかり、リーゼルが顔をのぞかせた。「あら、どうも！ もうすぐ終わるから！」大げさな、ウィーン流のハグをして、彼女はまた姿を消した。

でも、私は本当に愕然とした。彼女は妖精のような声で話していた。それなのに、彼女の口元には苦しそうなしわが寄り、幸せそうな童顔には、ひそかな、人の心を揺さぶるような悲しみが浮かんでいた。この、世界都市の人気者、帝国で一番いいギャラをもらっている女優の顔に……

「ベルクナーさんは病気でもしていたの？」と私は心配してたずねた。

「いいえ、どうしてですか？」

「なんだかつらい目にあっていたみたいに見えたから。」

即座に、事情に通じた付き人の女の子は真顔で、例の素晴らしい決め台詞を繰りだした。その文句のとんでもないバカバカしさが、かえって恐ろしいほどに悲劇的な真理をあらわにしていた。

「ええ、人間世界の頂は極寒ですからね！」

＊＊＊

ここに来る前に滞在していたバルト海沿岸地方の国で、私はある朝、スタニスラフスキー・スタジオの一つに所属するロシア人の一団が、リハーサルをしている様子に耳を傾けていた。彼らは、昨日の晩は結構なロシア語で上演されていた芝居を、耳慣れない響きを持った、私の知らない言語で演じる稽古をしていた。何が起こっていたのかって？　特別なことは何も。主役級の役者たちは単にスウェーデン語を習っていただけだった。スウェーデン・ツアーが間近に迫っていた。それで彼らはスウェーデン語で芝居をしていたのだ。

このころ、亡命中だったエリザベート・ベルクナーは、ドイツ語ではうまくいかない時には英語流に演技をして、まさにこれと同じ、通訳を必要としない直接的表現の能力を発揮していた。それは、素晴らしい、動物のように健康な生きものに備わった跳躍力であり、今そこにいることにあくまでもこだわる自然児の感覚でもある。これが天才の勤勉さであり、未来の人間の変動性なのだ。

## エルゼ・リューテルのテクストについて

本文中の詩「あなたの愛情をうけて……」「どこにもいないもの」「そっと私を抱いておくれ」は以下の書籍から引用した。Else Füthel. *Anbruch des Tags. Gedichte.* Prag/Wien, Verlag der Monat (Dr. B. Kilian) 1936.

「ベルクナーの芸術」は一九三五年、ドイツ語とチェコ語で、雑誌『デア・モーナート』あるいは『ムニェシーツ』に発表された。本書では、マールバッハ・ドイツ文学文書館が所蔵するエルゼ・リューテルの原稿を底本として使用した。

註2で言及したアンソロジー『ボブカット（*Bubikopf*）』には、エルゼ・リューテルのもう一つ別のテクスト「小娘のお話し」を収録している。

# 訳者解説

本書は、Anna Rheinsberg: *Kriegs/Läufe. Namen. Schrift. Über Emmy Ball-Hennings, Claire Goll, Else Rüthel.* Mannheim: persona 1989 の全訳である。

著者アンナ・ラインスベルクは一九五六年生まれ。第二波フェミニズムと呼ばれる戦後の新しい女性運動が盛んになった一九七〇年代にマールブルク大学でドイツ文学を専攻し、一九八三年に、本書でも取り上げられている女性作家クレア・ゴルに関する修士論文を提出している。当時、ドイツ連邦共和国（西ドイツ）では女性の大学進学率が高まり、女子学生からの強力な働きかけや、女性雑誌、女性ゼミナールなどの場での討論の結果を受けて、女性に関わる問題やテーマが大学のカリキュラムにも取り上げられはじめていた。ドイツ文学研究の分野も例外ではなく、ラインスベルクの指導教員であったマリー・ルイーゼ・ガンスベルクや、レナーテ・メールマン、シルヴィア・ボーヴェンシェンらの女性研究者によって、フェミニズム批評の基礎が築かれたのもこの時期である。また、リュス・イリガライやエレーヌ・シクスーら、同時代のフランスのフェミニストたちの影響を受けて、女性の存在を縛る男性的論理や表象体系の制約を打ち破る行為としての「エクリチュール・フェミニン（女が書く／女を書く）」の運動が、西ドイツでも始まった。こうした時代の流れの中で、ラインスベルクも学生時代から女性運動に積極的に関わり、女性雑誌の創刊や女性雑誌への寄稿を行ってきた。当然、ラインスベルクにとっても「女性として書く」あるいは「女性として語る」という行為は常に最重要テーマの一つであり、この文脈で彼女は、一九八〇年代後半から一九九〇年代初めにかけて、「ものを書く女性」である自分たちの先達として、一九二〇年代の女性アヴァンギャルド芸術家たちのテクストの発掘と紹介を行ってきた。その成果が、一九八八年に出版されたアンソロジー『ボブ・カット――二十年代への出発』（*Bubikopf – Aufbruch in den Zwanzigern*. Texte von Frauen, gesammelt von Anna Rheinsberg. Darmstadt: Luchterhand 1988）、一九九三年に出版された詩集『なんて色とりどりに花開く私ではない私の姿――二十年代の女性詩人たち』（Anna Rheinsberg (Hg.)：*Wie bunt entfaltet sich mein Anderssein – Lyrikerinnen der zwanziger Jahre*. Mannheim: persona 1993）、そして、この二つのアンソロジーにもその作品が収録された、三人の女性芸術家（エミー・バル＝ヘニングス、クレア・ゴル、エルゼ・リューテル）の肖像をエッセイ的に描いた本書である。

以上の概要からも分かるように、ラインスベルクは一九七〇年代の女性運動の影響を色濃く受けた、いわば一世代前のフェミニストであり、さらに、二〇〇四年と二〇一一年に二つの自伝的長編小説を発表して以降、最近十年ほどは目立った作家活動を行っていない。その意味では若干「過去の人」ともいえる作家の、三十年以上前に出版された作品をなぜ今、日本で翻訳出版するのか疑問に思われるかもしれない。しかし、近年のドイツ語圏におけるアヴァンギャルド研究の動向や出版状況と照らし合わせることで、この作品の特殊な歴史性とアクチュアリティが浮かび上がってくる。

二十世紀初頭にヨーロッパ全域に広がった、いわゆる歴史的アヴァンギャルドの研究において、性差やジェンダーの問題が中心に据えられることは従来ほとんどなかった。ドイツ文学の分野でもこの傾向は顕著で、エルゼ・ラスカー＝シューラーのようなわずかな例外を除くと、そもそも女性芸術家の作品に注意が払われること自体がまれだった。本書の各章の末尾に付された、一九八九年当時に入手可能だった書籍のタイトルを見ても、女性作家の文献整備が十分に進んでいなかった状況が浮かび上がってくる。しかし、一九九〇年代に入ったころから、表現主義の女性作家のアンソロジーが編まれるなど、こうした研究動向を修正するような動きが見られるようになった。そもそもアヴァンギャルド運動が展開された一九一〇年代から一九三〇年代は、女性解放運動や第一次世界大戦の影響によって女性の社会進出が進んだことで、ジェンダーをめぐる問題が先鋭化した時代だったのだが、こうした時代背景が作品研究の中でも意識されはじめたのだ。

本書に登場する女性作家に関していえば、二〇〇五年にクレア・ゴルの小説『三酸化砒素』と『パリのドイツ女』の新装版が出たのに加え、二〇〇〇年には彼女とリルケの往復書簡集が、そして二〇一三年には彼女と夫のイヴァン・ゴル、彼の恋人だった女性詩人パウラ・ルートヴィヒの三者が交わした書簡集が出版されるなど、一次資料が充実してきている。また、二〇一六年からエミー・ヘニングスの新しい校訂版全集が出版されはじめたのは、アヴァンギャルドの女性文学研究にとって画期的な出来事だといえる。

こうした動きは文学研究の分野にとどまらない。ルース・ヘマスの『ダダの女性たち』(二〇〇九年)が先鞭をつけて以降、造形やパフォーミングアート分野における女性アヴァンギャルドの活動を紹介する研究も盛んになっている。なかでも特に影響が大きかったのは、現代アート部門ではヨーロッパ有数の美術館であるシルン美術館(フランクフルト)が二〇一五/一六年に開催した展覧会『シュトゥルム・ウィメン』である。表現主義の中心的サークルである「シュトゥルム」に集った女性芸術家に焦点を当てたこの展覧会によって、アヴァンギャルド運動の中で女性が果たした役割が従来知られていたよりも大きかったこと、そして彼女たちの作品や芸術実践が男性芸術家のそれ以上に先鋭的なものだったことが、驚きをもって認識されるようになった。

ドイツ語圏における女性アヴァンギャルドへの関心は、二〇一九年のバウハウス百周年もきっかけとなって、広く一般でも高まり、一九二〇年代の女性芸術家の活動や生涯をテーマにした小説やテレビドラマなどが、ここ数年の間に相次いで出版、放映されている。最近の、こうしたアカデミー内外の動きを見た時、かなり早い時期に、研究者も十分な関心を払っていなかったアヴァンギャルドの女性作家たちのテクストと活動に、学術的調査と創作の中間地帯で光を当てようとしたアンナ・ラインスベルクの作品が、現代のトレンドを先取りするような試みであったことが分かる。

ここで、本書の構成を改めて紹介したい。前述のように、本書は一九一〇年代から一九二〇年代に、主にドイツ語圏で活動した三人の女性芸術家の生涯をテーマにしている。この三人の、それぞれの活動領域も重なる同時代人には、著名な作家を夫としていたという共通点がある。チューリヒ・ダダを主導した詩人フーゴ・バルの妻であるエミー・ヘニングス。表現主義から出発し、シュルレアリスムにも参加した詩人イヴァン・ゴルの妻として知られるクレア・ゴル。そして、社会主義活動家であり、戦後は在外ドイツ語作家ペンクラブの会長も務めたヴィル・シャーバーの妻であったエルゼ・リューテル。本書は、文学史の中では長らく、専ら著名な男性作家の妻としてその名が記憶され、語られてきた彼女たちが、自ら作家として書くための言葉を模索する道筋に光を当てている。

それぞれ異なる経路をたどって芸術家としての自己を探求してゆく彼女たちだが、その底流には彼女たち全員に共通する体験がある。すなわち、移動、越境、そして亡命である。二十世紀初頭に始まった女性解放の動きと第一次世界大戦を経て、女性の伝統的生活環境から踏み出していった彼女たちは、カバレットの芸人や歌手、舞台俳優、ラジオのナレーターやジャーナリストとして常に旅の途にあり、表現者としては、既存の芸術領域からはみ出すような横断的存在であった。そしてその越境的なあり方は、彼女たちのその後の運命にも暗い影を落としている。

第一次世界大戦に際してスイスに亡命したエミー・ヘニングスは、一九三〇年代には南スイスでひっそりと暮らし、第二次世界大戦後まもなく世を去っている。同じく第一次大戦中にスイスに移住し、後にパリで暮らしたクレア・ゴルは、ユダヤ人であるがゆえにナチスに追われ、夫イヴァンとともにアメリカに逃れた。そしてエルゼ・リューテルは、ヒトラーの権力掌握後、夫とともにエストニア、チェコと亡命を重ね、その途上で命を落としている。第二次世界大戦とホロコーストによって、国外に逃れた彼女たちの、一九二〇年代の活動や作品は中断され、文学史記述からもこぼれ落ちていったのだが、ラインスベルクはこの忘却のプロセスを軸に彼女たちの生涯を描いている。本書の原題である *Kriegs/Läufe* とはしたがって、彼女たちの表現者としてのそれぞれの「戦いのプロセス」を表すとともに、彼女たちが体験した「戦争の推移」も意味している。

本書は、三人の女性たちがそれぞれの「戦いのプロセス」の中で体験した心象風景を、彼女たち自身が書いた言葉をなぞりながら詩的に描いたエッセイを核に据え、これに彼女たち三人それぞれのテクストと、エッセイを補足する伝記スケッチを組み合わせた、ユニークな構成をとっている。もちろん、このような非学術的なスタイルが選ばれたことには重要な意味がある。

一九七〇年代以降、フェミニズムの立場から女性の文学史を書こうと試みた女性研究者たちは、アカデミーの中で制度化された「文学史」は、男性によって作られた文学的、美学的規範に基づいて書かれてきたものだと繰り返し指摘してきた。そのような認識に立つ以上、研究対象である女性作家を、従来の男性的視点から他者化して記述することはできない。求められたのはむしろ、文学研究という男性的言説システムの中で歴史を記述する女性研究者自身の経験を反映する「女性的視点」から、文学という男性的言説システムの中でものを書いた女性たちの経験やテクストを読み解くことであった。それによって、従来の男性中心主義的な言説秩序の中で女性の存在が周辺化されてきた様に光を当てると同時に、ものを書く女性たちの様々な体験を重ね合わせ、時代を超えた女性同士の対話を実現することが目指されたのだ。

同時代のドイツにおいて、アカデミックな文学研究からの遠ざかりを意識しつつ、女性の文学史の実践を行った代表的な例として、ギーゼラ・フォン・ワイソッキーの『凍てつく自由　出発のファンタジー』（Gisela von Wysocki: *Fröste der Freiheit. Aufbruchsphantasien.* Frankfurt/M: Syndikat 1980）が挙げられる。一九七六年に文学博士号を取得したのち、フリーの文芸評論家として活動していたワイソッキーが、当時のフェミニズム批評の中で注目を集めていた女性作家たち、マリールイーゼ・フライサーやウニカ・チュルン、ヴァージニア・ウルフ（意外に思われるかもしれないが、ウルフの『私だけの部屋』がドイツ語に初めて訳されたのは一九七八年のことだ）を論じたこのエッセイ集は、学生時代から一九二〇年代の女性アヴァンギャルドの文学に取り組んできたラインスベルクにも刺激を与えたようだ。事実、本書には、直接の引用に加えて、女性の「覚醒／出発（Aufbruch）」というワイソッキーのライトモチーフも受け継がれている。ただし、ワイソッキーの文芸批評的なスタイルに比して、ラインスベルクのテクストはより詩的な語り口に特徴がある。すなわち、ラインスベルクは、三人の女性アーティストのテクストを、時には明確に出典、つまりオリジナルのコンテクストを示さずに自由に引用し、彼女たちの言葉が生成される過程を独自の女性的視点から描いてゆく中に、ワイソッキーら先行する女性研究者たちのテクストや、ラインスベルク自身の過去のテクストを組み込むことで、複数の語りの位相、あるいは複数の女性たちの声を重層的に重ね合わせている。このような本書の語りは、それ自体が一九七〇年代から一九八〇年代における女性文学の実践としても興味深い。では、ラインスベルクはどのように、消えかかった過去の三人の女性たちの声を聞き、彼女たちの経験を読み解いたのだろうか。

第一章「ブロンドの餓鬼、世界を抱く」は、国境の町に生まれた少女エミーが、かつて「七つの海」を股にかけて旅をしたという父の物語に導かれるように、奉公先のブルジョワ家庭の「台所」の外に広がる世界に出立し、劇場への憧れを抱き、彼女自身の体験や存在を語るための言葉を探して放浪する姿を、時系列を無視して、切れ切れのエピソードをモンタージュ的につなぎ合わせながら追っている。

エミー・ヘニングスの子供時代については、自伝小説『花と炎』に書かれている以上のことはほとんど分かっていない。この小説の中で、作者は架空の少女ヘルガの姿をとって、自身の貧しい子供時代をむしろ幸せな時代として調和的に描いている。しかし、ラインスベルクはテクストの断片から、この虚構の子供時代のほころびを読み取り、エミーがたどる戦いの道程に文脈づけようとしている。例えば、主人公ヘルガの姉が不実な恋人を待ち続ける「里程石「K．M．三二・二」」（本書二〇頁）のエピソードは、最初の夫が去った後、いたるところで「心なし」の男たちから搾取され、欲望され、あるいは思いを寄せられるエミーの運命に読み替えられている。また、病気のヘルガが「グリーンランドは寒いの」（本書一九頁）と話すうわごとは、どさ回りの女芸人となったエミーが送る、街道での生活の過酷さを予告すると同時に、家庭という、伝統的市民社会の中で女性に与えられた場から逃れでた女性たちの困難なあり方の象徴として、ワイソッキーがマリールイーゼ・フライサーから引用した「凍てつく自由」のイメージを暗に指し示している。

ラインスベルクが描いたエミーは、この寒々とした極地の風景のような自由の中で、「お話しして、世界さん」（本書一五、二〇、二三頁）と何度も呼びかけるが、答えるものは誰もいない。この冷淡な世界の中で、彼女は自分の性ゆえに周縁に追いやられ、存在を消され、沈黙を強いられる。なぜなら、「女は異邦の人。彼女が知識を得ることはない。彼女には自分のイメージがなく、それゆえに顔もない」（本書三二頁）のだから。そこで、自らのイメージも顔も持たないエミーは、彼女がつづる架空の物語の中で、様々な名を持った少女の姿を身にまとい、彼女自身の存在からどこまでも逃れ去ってゆく。唯一、ブルジョワ社会の秩序から自由で、彼女に言葉を発する機会を与えてくれるように見えた、ボヘミアンたちの集うカフェもまた、言葉を戦わせる男性たちの活動の場であり、女性である「彼女の言葉に価値はない」（本書三八頁）。そして、このカフェで、彼女は夫となる詩人フーゴ・バルに出会い、名指しえない自己を投影する存在としての「神」を彼の中に見出し、遂には「まるでそれ以外の言葉で話したことなどなかったみたいに」（本書四〇頁）彼の言葉で語りはじめる。

こうして、絶えず沈黙と死の予感に抗しながら続いていったエミーの戦いの道程は、強いられた「女性性」からの解放にも、表現者としての自己実現にも至ることなく、バルの姿をとった「神」、すなわち男性のものである言説秩序への帰依によって、完全な自己の消去に終わる。『旧約聖書』

の伝説の人物ロトが、神の声に導かれ、塩の柱となって声を失った妻の方を振り返ることなくソドムから逃げ去ったように、のちにエミー・バル＝ヘニングスという名でものを書くことを選んだエミーも、自分の中の「黙した女」（本書四一頁）を見捨て、バルの声の方に去ったのだ。

第二章「母／声、戦争」で描かれたクレア・ゴルは、ラインスベルクにとっては、修士論文のテーマでもあり、本書で扱った三人の女性の中でおそらく最も思い入れがある人物だと思われる。一九七〇年代に学生時代を過ごし、第二波フェミニズムの洗礼を受けて作家を志したラインスベルクは、当時まだ存命中だったクレア・ゴルが、二十世紀初頭の第一波フェミニズムの平和運動に積極的に関わることで作家としてのキャリアを築いていったにもかかわらず、自身の性を蔑み、否定するようなミソジニー的言説を繰り返していたことに衝撃を受けたのだろう。例えば、一九七八年に出版されたクレア・ゴルの回想録にはこう書かれている。「女たちには我慢がならない。彼女たちは皮相で、上っ面だけの素人だ。整髪料で髪を整え、化粧をした、見世物の動物。」（Claire Goll: *Ich verzeihe keinem. Eine literarische Chronique scandaleuse unserer Zeit.* Müünchen: Knaur 1980/1995, S. 110.）本章は、クレア・ゴルが体現するこの「女のミソジニー」を、彼女の自伝小説『奪われた天国』に描かれた、地獄のような子供時代の物語に遡って読み解こうとする。（ちなみにラインスベルクは、本書と同時期に出版されたこの小説の新装版 Claire Goll: *Der gestohlene Himmel.* Frankfurt/M: Ullstein 1988 にあとがきを寄せており、本書でもこのあとがきから自己引用を行っている。）

ラインスベルクは、クララ・アイシュマンとして生まれたクレア・ゴルの子供時代を、ブルジョワジーの邸宅に囚われた二人の女性、母と娘の闘争ととらえている。裕福な市民階層の奥様生活にフラストレーションをためる母は、「どうしようもない無力さと自己嫌悪をぶちまける」（本書七三頁）ように幼いクララを殴りつけることで、抑圧された肉体の欲望を発散する。無力な少女が体験した母の暴力は、彼女にアルカイックな原型としての「女性」のイメージを与え、母のものでもあり自分のものでもある、女性の性と肉体への憎悪を植えつける。そして、その後の彼女がたどる道筋は、すべてこの母性／女性性から逃れるためのサバイバルの行為として解釈されている。

すなわち、クララ・アイシュマンは、最初の結婚によって自らの出自を示す姓から逃れ、名前をフランス風に読みかえ、この新たに得た名で、第一次世界大戦がもたらした女性解放の波に乗って、作家の地位を得ようと苦闘する。しかし、名を変えて家を出ても、自らも女性であるクレアは、決して母の声からも、そして母と同じ女性の肉体からも逃れることができず、自分の性への憎悪ゆえに「どの男の中にも」「神を見て崇拝」（本書六八頁）し、彼らの性に憧れながら、「女性を嫌悪する彼女自身の身振りを克明に書き記」（本書七二頁）してゆく。こうして、第一次世界大戦中にクレアが書いた、小市民的な女性性を告発し、連帯と自由への覚醒を促すフェミニズム的パンフレットは、「各国から来た徴兵忌避者や脱走兵たちの後見を得た」（本書七〇頁）彼女が、彼らのまなざしの中でとる「ポーズ」（本書七六頁）になり、彼女が書く小説は、いとわしい女たちのイメージを呼び起こしては、母と同じジェスチャーで彼女たちの肉体を傷つけ、殺害する戦場に姿を変える。

この果てしない母／女性からの逃走の過程で、クレア・スチューダーは運命の男であるイヴァン・ゴルと出会い、彼との「共生関係」（本書八九頁）を夢みて、彼の名を名乗り始める。しかし、エミー・バル＝ヘニングスという名を選んだエミーとは異なり、クレアは夫の名を選ぶ時、作家としてようやく築いたスチューダーの名を消し去り、従属的な「ミューズの話法」（本書七七頁）をとって、「愛を司る《ヴィーナス》女に天賦の才はない」（本書七七頁）と宣言することで、女性の創造力をも否定する。こうして、母性／女性性から逃れて生き延びようとするクレアの物語は、傷つけられた自己を回復する克服の物語とはならず、エミーのケースよりも過激な自己破壊の物語に終わっている。

第三章「黒衣の未亡人」で描かれるエルゼ・リューテルは、一九二〇年代に、主に劇場やカバレットで俳優、朗読者として活動した、今日でもほとんど知られていない女性芸術家であり、作家として残したテクストも少ない。本文にもあるように、ラインスベルクはワイマール共和国時代に活躍したジャーナリスト、ハンス・ザールの回想録を読んで、この未知の女性に興味を持ったようだ。そこから彼女は、ドイツ国内のアーカイブに残るエルゼ・リューテルの資料を調査し、彼女の夫であったヴィル・シャーバーと文通を重ねて、この忘れられた女性芸術家の痕跡を探索しはじめ、その成果として、ドイツ女性運動資料館の機関誌『アリアドネ』の一九八七年七月号に、彼女の人生を描いたエッセイを発表している（Anna Rheinsberg: »Else Rüthel 1899-1938«. In: *Ariadne* 8, Juli 1987）。

文芸批評的なスタイルで書かれていたこのエッセイに大幅な修正を加える形で完成された本章のテクストは、ザールの回想録やシャーバーの証言など、男性たちがエルゼ・リューテルを語った言葉と、エルゼが自伝エッセイ「ある三十路の女」の中で自分の人生を振り返った言葉を対比的に配置した構造に特徴がある。このテクスト構造を通じて、ボヘミアンの男たちのまなざしの中では、芸術家としての「優れた才能を計画的に発展させること」（本書一〇五頁）に失敗した、エキセントリックで美しいカフェの女王という脇役にされていたエルゼが、彼女自身が書いた物語の中では、神がかり的な激しさで人生に踏み出し、彼女を「理解しようとしない」（本書一一一頁）時代に抗してものを書き、「しぶとく個人であり続け」（本書一〇六頁）るために戦うヒロインであったことが鮮やかに浮かび上がってくる。

とはいえ、資料的な限界もあってか、本章は文学的にはいささか弱く、ラインスベルク自身もエルゼ・リューテルの姿を十分にはとらえ切れていない。「彼女は自分自身をとても愛していた——彼女には自分の名前が分かっていたのだ」（本書一一二〜一一三頁）という言葉からも、彼女に対する作者の共感は明らかだ。しかし、その一方でラインスベルクは、エルゼ・リューテルのテクストに刻み込まれた、神的なものへの傾斜から、「神」という男性的な超越性のイメージへのやみがたい郷愁を読み取り、言葉を求める彼女の戦いの中にも「臆病さ、あきらめ、沈黙という要素がしみついていた」（本書一〇三頁）と指摘している。

エルゼ・リューテルに対するラインスベルクの矛盾したアプローチは、「黒衣の未亡人」という奇妙なタイトルにも反映されているのではないだろうか。つまり、若くして世を去ったことで、エミー・バル＝ヘニングスやクレア・ゴルのように「未亡人」になることもなく、「シャーバー」という夫の名を選ぶこともなかったエルゼの、いわば死によって実現しなかった「未亡人」のステイタスを先取りしたかのようなこのタイトルは、彼女もまた、最終的には男性中心主義的な言説秩序へと戻っていたのではないかと読者に予感させるのだ。

ここまで見てきたように、本書で描かれた三人の女性芸術家の肖像は必ずしもポジティブなものではない。むしろラインスベルクは、父権的男性性の支配による、他者としての女性的なものの抑圧／殺害という、当時のフェミニズム批評の中心的な世界観に基づいて彼女たちの人生とテクストを読み説いている。そのためラインスベルクは、二十世紀初頭としては極めて「解放された」女性として自活し、パートナーとも対等な関係を築いていたはずのエミー・ヘニングスやクレア・ゴル、エルゼ・リューテルが、書くという行為においては必ずしも女性解放的な言説を追求していないことを重く見て、彼女たちのテクスト実践が、新しい女性性のコンセプトを示すこともなく、政治性も持てないまま、男性的表象システムの中では欠如でしかない自己のイメージにとらわれていたと鋭く批判している。

このような読解の試みは、現代のジェンダー論の、とりわけ男性性をめぐる言説や表象の理論の発展を考慮すると、いささか図式的で古く見えるかもしれない。また、現代のフェミニズム研究においてはマイノリティーの問題が重要性を増しているが、ユダヤ系のクレア・ゴルはもちろん、国境地帯で生まれ育ったエミー・ヘニングスや、リトアニア人の父と（国境地帯であるラインラント出身の）ドイツ人の母を持つエルゼ・リューテルを扱った本書が、この問題に踏み込んでいないことに不満をおぼえる読者もいるだろう。

しかし、現代のジェンダー論との関連で、訳者が最も疑問を感じるのは、三人の女性とパフォーミングアートとの関わりが十分に評価されていない点だ。本書では、カバレットや劇場を主な活動の場としていたエミー・ヘニングスとエルゼ・リューテルだけではなく、クレア・ゴルの自分語りに関しても、「演技」や「仮面」、「扮装」といった言葉でその虚構性が強調されていた。その際、ラインスベルクは前述のフェミニズム的図式に基づき、彼女たちの言葉づかいが持つ、いずれは自己解体へと至り着く演劇性を、男性中心主義的な表象システムの中では自己のイメージを持てない女性たちがとらざるを得なかった、いわば緊急避難的な態度と解釈している。

しかし、ジェンダーのパフォーマンス性という、この間に広く知られるようになった概念と照らし合わせてみれば、彼女たちの演劇的語りの身振りは、むしろ既存の様々な女性像を洗い出し、相対化するような可能性を持った実践だったと読むことも可能ではないだろうか。

例えば、本書に収録されたエミー・ヘニングスの「初日の前に」は、大都市の片隅で自分の存在を消すように生きている、貧しいカバレットの女芸人を描いている。彼女はこのテクストの中で、パリのならず者の恋人、白塗りに赤いルージュのファム・ファタル、そして花畑に身をうずめる少女へと次々に姿を変える。どれも陳腐で使い古された女性のイメージだが、ではそれを演じる「彼女」とは誰なのかと考えた時、タイトルに添えられた「著者は目下、ベルリンのリンデンキャバレーに出演中」(本書四三頁)という但し書きが目につく。この文言によって、テクストの中で様々な女性像を演じていた、成功を夢みて不安におびえる名もない女芸人の(これもまた陳腐な)姿そのものが、キャバレー出演中の著者本人が役者として演出した役だったことが明らかになるのだ。この入れ子状の語りは、確かに語る「著者」の後ろにいる「私」の姿を何重にも不可視化しているが、それによってこのテクストに起こっているのは、語り手の「私」の自己消去ではなく、むしろ「私」が演じる陳腐な女性のイメージを欲望し、消費する観客である男性のまなざしの可視化である。したがって、男性の読者がこのテクストの中で出会うのは、欲望していた女性の姿ではなく、自分自身の視線ということになる。また、体験話法を効果的に用いて、語り手／演じ手と演じられる女性との境界を流動的にした、このテクストのいわば女優的な語りを女性の視点から読みとけば、そこに「著者」の、自分と同じように男性の欲望のまなざしの中で他者化された女性たちに対する、ある種の連帯の態度を見ることも可能である。しかし、ラインスベルクは、周辺化された女性の語りが持つ、こうした戦略性や創造性の側面には目を向けていない。

本書の最後に収録されたエルゼ・リューテルのエッセイ「ベルクナーの芸術」もまた、女性アヴァンギャルドのテクスト実践において、演劇的なものがいかに重要な意味を持っているのかを示している。ここで描かれるエリザベート・ベルクナー（一八九七 - 一九八六）は、一九二〇年代にドイツ語圏で名声を得たのち、ナチスの台頭とともに移住したロンドンやアメリカでも成功を収めた俳優である。（ちなみに、第一次世界大戦中、チューリッヒに滞在していたベルクナーは、そこでエミー・ヘニングスやクレア・ゴルとも親交を結んでいる。その意味では、彼女は本書が描く三人の女性の物語をつなぐ輪ともなっている。）

ベルクナーは、従来の「女優」のイメージを覆すような、少女とも少年ともつかない中性的な外見で当時の演劇人たちを魅了し、異性装が流行していた一九二〇年代には、いわゆる「ズボン役」で名をはせた、新しいタイプの女性俳優だったが、彼女と同じ舞台に立った経験を持つエルゼ・リューテルのエッセイでも、ベルクナーの越境性が問題になっている。リューテルは、舞台

エリザベート・ベルクナー
(写真：ミュンヘン市立博物館蔵、撮影：Wanda von Debschitz-Kunowski、
画像はWikimedia Commonsより)

上のベルクナーが、大人と子供、男性と女性、自我と役、現実と夢といった、あらゆる存在を隔てる境界線を無化して、ただ一人の「ベルクナー」を無数に実現させる様子に驚嘆する。本文で彼女がベルクナーの「演劇的天才」（本書一二九頁）を語る際に繰り返し用いる子供や動物のメタファーは、一見、女性性を根源性や自然さと結びつける伝統的な言説の型に追随しているように見えなくもない。しかし、リューテルは、ベルクナーの演劇術は生得的なものではなく、「働く女性」（本書一二九頁）が骨をおって獲得した技芸であると論じることで、この女性俳優に、極めて現代的で新しい女性の自己表現の可能性を見出しているのだ。さらにエッセイの終結部、ナチスから逃れてチェコに亡命していたリューテルが、同じく亡命中のベルクナーが言語の境界を越えて演劇的表現力を発揮している姿の中に「未来の人間の変動性」（本書一三二頁）が実現されていると書く時、彼女がベルクナーをモデルに構想した新しい女性像が、どれほど同時代的なユートピア性を持っていたかが分かるだろう。それは、国や言語、人種、セクシュアリティなど、あらゆる境界線が暴力的に強調された世界の中で、演劇的なものに託して夢みられた「新しい人間」のイメージであり、エルゼ・リューテルのテクストが特異な形で政治性を発揮していた証しでもあろう。

以上に述べてきたように、本書で示されたラインスベルクのフェミニズム的視点には、今日の理論的水準からは時代遅れに見える部分もある。しかし、ラインスベルク自身が本書の執筆当時まだ三十代前半で、若手女性作家として地歩を築こうとしていた時期だったことを考え合わせれば、ここで描かれた三人の女性の「それぞれの戦い」に、彼女自身の苦闘の跡が重ね合わせられていたことが分かる。

エルゼ・リューテルの調査をきっかけに、ラインスベルクがヴィル・シャーバーと文通を始めたことにはすでにふれた。本書執筆の前後、彼女はシャーバーに宛てて繰り返し、商業化された大手出版社への不満を表明し、本書の出版を手掛けた新進気鋭の女性出版者リゼッテ・ブッフホルツとの友情について語っている。また、本書のプロモーションのために行った朗読会の首尾や、自身が手掛けるラジオプログラムの予定、あるいは新作の出版についてもラインスベルクは細かくシャーバーに報告し、彼が関わるニューヨークのドイツ語雑誌に書評が掲載されることを期待している。この手紙から浮かび上がってくる作者の姿は、彼女が追いかけた一九二〇年代の女性作家たちの姿と驚くほど似ていて、女性が書き手になることの困難さが一九八〇年代になっても大きく変わってはいなかったことをうかがわせる。出版当時、本書が複数の新聞や雑誌で紹介され、一定の評価を得ていたことからも、その同時代性は明らかだろう。

では、現代はどうだろうか。作品の数では今も男性作家の方が多いが、近年評価が高い作家には女性が多く、一つの文学賞の候補者や受賞者が全員女性というケースも少なくない。この現在の状況を見れば、女性には書くことの困難さなどもはやないようにも思えるが、はたしてそうだろうか。ラインスベルクより五歳年下の、一九六一年生まれのアメリカの作家で、現代の新しいフェミニズムの代表的論客でもあるレベッカ・ソルニットは、二〇二〇年に出版された自伝的エッセイ『私の非存在の回想』(邦訳：レベッカ・ソルニット『私のいない部屋』東辻賢治郎訳、左右社、二〇二一年)の中で改めてこの問題に触れ、自分の作家としての出発点を振り返って、以下のように書いている。

若い女であること。それは数え切れないほど様々に姿を変えて出現する自分の消滅に直面することであり、その消滅から逃避し、否認することであり、時にはそのすべてだ。「美しい女の死はこの世でもっとも私的な主題である」と書いたエドガー・アラン・ポーは、むしろ生きようとする女の身になって考えたことはなかっただろう。(中略)敗北ではなく、生き延びることを讃える自分の詩を見つけるという厄介な仕事。ほぼすべてといっていい多くの若い女性がそれに直面する。自分を支えてくれる自分の声を見つけるために、あるいは少なくとも、誰かの消滅や挫折を娯楽のように待ち構える世の中で生き延びる術を見つけるために。(『私のいない部屋』、9頁)

ここで述べられた体験は、一九八〇年代に作家修業を行った若い女性だけのものではあるまい。

ソルニットは「マンスプレイニング」の概念を定着させ、#MeTooの世界的広がりを準備した作家だが、こうした現代の状況と照らし合わせた時、ここでソルニットが語り、またラインスベルクが本書で浮かび上がらせた、必ずしも文学だけに限定されない、女性が声をあげることの困難さは、まだ過去の問題にはなっていないことが分かる。ある意味では典型的な一九八〇年代のテクストともいえる本書には、（残念ながら）今なおアクチュアリティがあるといえるだろう。

すでに述べたように、本書は断片的なイメージをとぎれとぎれにつなぎ合わせることで、三人の女性芸術家の、ともすれば沈黙に傾きがちな声と断片的な記憶を呼び起こそうとしている。彼女たちの存在を無視してきた「文学史」への批判も含んだ、本書のテクストの、オーソドックスな研究書の書き方とは異なる自由さを妨げないようにするため、本文で間接的に引用されている文学作品や神話的イメージなどには訳注をつけず、適宜本文中で補足しながら訳出した。そのため訳文には、訳者の解釈を反映した、必ずしも原文と正確に対応していない箇所があることをお断りしておく。

本書は、科学研究費の助成を受けた共同研究「歴史的アヴァンギャルドの作品と芸術実践におけるジェンダーをめぐる言説と表象の研究」（基盤B、二〇一九‐二〇二二年度、研究代表者：西岡あかね）の成果の一つである。期間中、このプロジェクトの枠組みの中でワークショップやシンポジウムを複数開催したが、なかでも愛知芸術文化センターの「ダンス・スコーレ」事業とコラボレーションした連続シンポジウムには毎回多くの来場者があり、アヴァンギャルド芸術やジェンダー研究に対する一般の関心の高さに驚かされた。本書が、日本ではまだ翻訳がないに等しく、一般にはほとんど知られていない、ドイツ語圏の女性アヴァンギャルド芸術家の作品や一九八〇年代の女性文学が、日本でも注目されるきっかけになることを願っている。

本書の翻訳出版にあたっては、多くの方に助けていただいた。まず、トランスギャルド叢書の企画を提案し、本書を翻訳するきっかけを与えてくれた、同僚の荒原邦博さんにお礼申し上げたい。東京外国語大学出版会の大内宏信さんにも大変お世話になった。ゲラの作成や校正の作業など、初稿から丁寧にサポートしていただき、感謝申し上げる。また、新型コロナウイルス感染症の拡大などもあり、海外での資料調査が思うようにできない中、ヴィル・シャーバーの遺稿に含まれる、アンナ・ラインスベルクとシャーバーの文通の写しをドルトムント新聞研究所から取り寄せてくれた、在野のパウル・ツェヒ研究者であるアルフレート・ヒュプナー氏にもこの場を借りて心からお礼申し上げたい。

二〇二三年九月

西岡あかね

**アンナ・ラインスベルク**
(Anna Rheinsberg)

1956年、ベルリン生まれ。
マールブルク大学でドイツ文学を専攻し、
1983年にクレア・ゴルに関する論文で修士号を取得している。
1980年代前半から作家活動を本格的に開始し、
詩集や小説を複数の出版社から発表するほか、
ラジオ番組の制作や演劇、映画にも関わっている。
1920年代の女性作家たちの作品を発掘、
紹介する活動でも知られる。
主な作品に
『マルテとルート』(1987)、
『シュヴァルツキッテル通り』(1995)、
『バスコ　ある愛の物語』(2004)、
『緑のワンピース』(2011)などがある。

**西岡あかね**
(にしおか・あかね)

東京外国語大学大学院准教授。
専門は近現代ドイツ文学、比較文学。
著書に、
*Die Suche nach dem **wirklichen** Menschen* (Königshausen & Neumann, 2006)、
共著に、
*Ästhetik - Religion - Säkularierung II* (Wilhelm Fink, 2009)、
*Flucht und Rettung* (Metropol, 2011)、
*Kulturkontakte* (Transkript, 2015)、
『男性性を可視化する』(青弓社、二〇二〇年)などがある。

トランスギャルド叢書
それぞれの戦い
エミー・バル＝ヘニングス、クレア・ゴル、エルゼ・リューテル

二〇二三年一一月一七日　初版第一刷発行

著者……アンナ・ラインスベルク
訳者……西岡あかね
発行者……林佳世子
発行所……東京外国語大学出版会
〒一八三－八五三四　東京都府中市朝日町三－一一－一
電話番号　〇四二（三三〇）五五五九
FAX番号　〇四二（三三〇）五一九九
e-mail　tufspub@tufs.ac.jp

装釘者……宗利淳一＋齋藤久美子
印刷・製本……シナノ印刷株式会社


ISBN978-4-910635-07-1